The Claw

Die Toten vom Lake District

von

Anne Sevenstin

AF219726

Anne Sevenstin

The Claw

Die Toten vom Lake District

Roman

Bibliografische Information der Deutschen Nationalbibliothek:
Die Deutsche Nationalbibliothek verzeichnet diese Publikation in
der Deutschen Nationalbibliografie; detaillierte bibliografische
Daten sind im Internet über http://dnb.dnb.de abrufbar.

Lektorat: Anne Sevenstin
Korrektorat: R. Moneck
Covergestaltung: BoD – Books on Demand, Norderstedt

Herstellung und Verlag: BoD – Books on Demand, Norderstedt

ISBN: 978-3-7562-2996-3

PROLOG

Rosamund saß am Küchentisch und hielt eine Tasse dampfenden Tees in Händen. Sie fröstelte, der Tee spendete etwas Wärme. Draußen tobte ein heftiger Gewittersturm. Das Haus knarzte und schien sich zu bewegen. Sie stand auf und musste sich dabei auf der Tischplatte abstützen. Die alten Knochen schmerzten, vor allem bei feuchter Witterung. Sie ging zum Fenster und beobachtete das Tosen der Naturgewalten. Unaufhörlich schossen Blitze vom Himmel und schlugen in den See ein. Dann plötzlich, stieß einer unterhalb der hohen Klippe mit solcher Heftigkeit ins Wasser, dass sich eine hohe Fontäne bildete und ein Donnerknall zu hören war. Rosamund wich einen Schritt vom Fenster zurück. Ein merkwürdiges Leuchten flackerte auf. Da ist etwas passiert, dachte sie.

Die alte Frau zog sich in ihr Schlafzimmer zurück, das Unwetter tobte noch Stunden.

Kurz nach Mitternacht schreckte sie hoch. Seltsame Geräusche waren zu hören. Es ging etwas vor, das spürte sie. Sie stand auf, warf sich ihren Morgenrock über und schlich im Dunkeln die Treppe hinunter. Sie wagte nicht, eine Laterne anzuzünden.

Es war Vollmond. Das Innere des Hauses erschien im Zwielicht. Plötzlich huschte ein Schatten am Küchenfenster vorbei. Irgendetwas kroch um das Haus. Rosamund erschrak und kauerte sich neben die Haustür auf den Boden. Das Mondlicht fiel durch das Küchenfenster auf die gegenüber liegende Wand und ein Schatten zeichnete sich dort ab. Sie wagte kaum zu atmen. Dann hörte sie das Geräusch von Tritten auf dem Kies vor der Tür. Sie lauschte. Etwas kratzte über das Holz der Haustür und ihr bleib beinah das alte Herz stehen.

Kapitel 1

Molland Castle 1936

Molland Castle thronte auf einem Felsen am nördlichen Ende des Lake Molland. Es ragte so erhaben aus dem Felsen heraus, dass es von jeder Stelle des Sees und dessen Ufer aus, gesehen werden konnte. Der See erstreckte sich von Nord nach Süd. Er war lang, schmal und auf der einen Seite so tief, dass nur ein Taucher mit einer Spezialausrüstung den Grund hätte erreichen können. Dort erhob sich eine steile Felswand die zum Molland Gebirge gehörte. An dieser Seite des Sees, wirkte er wie ein Fjord. Am anderen Ufer, wo das Dorf Tottingham Dale lag, war das Land flach und im Süden des Gewässers moorig.

Der Fels, auf dem im 13. Jahrhundert zunächst eine Burg errichtet wurde, bevor man das Gebäude später zu einem stattlichen Schloss umbaute, war Teil einer Halbinsel. Vom See aus, wirkte das Bauwerk wie ein Wasserschloss, hier gab es keine Landfläche, nur eine große Terrasse, von deren Brüstung, der Fels steil in den See abfiel. Unterhalb befand sich ein Bootshaus, das auf Pfählen im Wasser stand und über eine schmale Treppe, die in das Gestein geschlagen worden war, erreicht wurde.

Neben der Hütte ragte ein Holzsteg etwa 20 Meter in den See.

Das Eingangsportal des Schlosses war der Landseite zugewandt. Dort bildete das Gelände ein weites Plateau, mit einem halb runden Platz vor dem Eingang, einer langen Zufahrt und einem Park, der im französischen Stil angelegt worden war.

Ellinor lief vor dem Eingang ungeduldig auf und ab. Im Kies des Vorplatzes hatte sie eine deutliche Spur hinterlassen. Ein junger Diener, der diskret im Hintergrund stand und sie beobachtete, wurde an eine Raubkatze erinnert, die er im Londoner Zoo gesehen hatte, als das Personal des Schlosses im letzten Jahr einen Ausflug dorthin unternahm.

„Mylady?"
„Was ist denn?", schnaubte Ellinor und warf Ruskin, dem Butler des Schlosses, einen wütenden Blick zu.
Er war seit Ewigkeiten in Diensten Lord Tottinghams und kannte Lady Ellinor seit sie ein Kind war. Er ignorierte ihre Launen.
„Seine Lordschaft fragte nach Ihnen."
„Sagen Sie seiner Lordschaft, dass ich erst hineinkomme, wenn mein Verlobter eingetroffen ist!"
Sie stampfte wütend mit einem Fuß auf und ihr hübsches Gesicht verzog sich zu einer hässlichen Grimasse.
„Sehr wohl, Mylady."
Ruskin verbeugte sich und verschwand.

Wo bleibt er nur, fragte sich Ellinor. Nicht einmal heute konnte er pünktlich sein. Warum musste sie sich auch in diesen eigenwilligen Russen verlieben?

Der Vorplatz von Molland Castle erinnerte an diesem Abend an eine Automobil-Ausstellung. Die exklusivsten Modelle der 30er Jahre standen dort. Alle angesagten Luxusmarken waren vertreten, Bentley, Chrysler, Cadillac und Rolls Royce.

Der Park des Schlosses zeigte sich festlich illuminiert und die Zufahrt zum Haus war mit unzähligen Fackeln gesäumt. Aus der großen Halle waren Stimmen und Gelächter zu hören. Eine Band spielte dezent im Hintergrund. Alles war so, wie Ellinor es sich gewünscht hatte. Sie war Daddys Liebling und für ihre Verlobungsfeier hatte er all ihre Wünsche erfüllt.

Nur Igor, ihr Verlobter, war nicht da. Was sollte sie jetzt nur machen? Wie peinlich würde es sein, den Gästen zu sagen, dass er nicht kommen würde. Was für eine Demütigung!

Dass er ihr das antun musste, ihr, die sie immer alles bekam, was sie wollte und nun stand sie draußen im Kies und ruinierte sich die teuren Schuhe, die sie sich extra zu dem kardinalroten Satinkleid hatte anfertigen lassen.

Das Kleid war bodenlang, hatte spagettifeine Träger und die kostbare Seide schimmerte im Licht der Laternen, die zu beiden Seiten des Portals leuchteten. Die Zofe hatte Ellinors schulterlanges Haar elegant hochgesteckt und das kleine Tottingham Diadem eingearbeitet. Es war ein schmaler Gelbgold Reif mit einzeln stehenden tropfenförmigen Rubinen. Das große Brillant-Diadem durfte sie erst bei ihrer Hochzeit tragen, so war es Brauch im Hause Tottingham.

Ellinor lief weiter auf und ab. Plötzlich war da ein Geräusch und sie blieb abrupt stehen. Ein Auto näherte sich und es ertönte das unverkennbare Röhren des 6-Zylinder Motors eines Jaguar Roadsters.

„Igor! Endlich!", rief Ellinor aus.
Der schwarze Sportwagen schoss in rasantem Tempo auf das Schloss zu und kam nach einer scharfen Kurve vor dem Portal zum Stehen. Staub wirbelte auf und Ellinor wich einige Schritte zurück.
Ein junger Mann, sprang über die Fahrertür aus dem Cabrio und warf dem Diener, der herbeieilte, seinen Autoschlüssel zu.
„Stellen Sie ihn in der Remise ab!"
„Ja, Sir", sagte der Diener und grinste. Selten durfte er einen schicken Sportwagen parken. Wenn der Earl Gäste empfing, reisten sie meist in großen Limousinen an, die von Chauffeuren gesteuert wurden.
Er freute sich, den Jaguar wenigstens das kleine Stück zu dem Nebengebäude fahren zu dürfen. Wo früher die Kutschen standen, war nun der Wagenpark des Earl untergebracht.

„Igor, wo warst du denn? Alle sind schon da, nur du nicht!", warf Ellinor ihrem Verlobten entgegen.

Der junge Mann legte mit einer schnellen Bewegung seinen Arm um ihre schmale Taille und zog sie zu sich heran. Er blickte ihr intensiv in die Augen und küsste sie so heftig, dass sie sich nach einigen Sekunden von ihm löste, um Luft zu holen.

„Also Igor! Du bist ein ungezogener Junge! Du hättest vor zwei Stunden hier sein sollen! Vater und ich mussten den Empfang allein durchstehen. Wir haben 80 Gäste da drin und ich habe dich bestimmt 79mal entschuldigen müssen."

„Wer war es, der nicht nach mir gefragt hat?"

Igor lachte.

Ellinor puffte ihn wütend in die Seite, worauf er sie wieder an sich zog und erneut küsste.

Er stöhnte leise auf und flüstere ihr ins Ohr: „Oh, Liebling, ich muss dich sofort haben. Komm, lass uns in den Keller gehen. Ich lege dich auf die Streckbank."

Ellinor kicherte.

Igor spielte auf die Folterkammer in den Gewölben des Schlosses an. Ein Relikt aus dem Mittelalter. Jeder Earl hatte in früheren Zeiten die Gerichtsbarkeit der Grafschaft inne und so gab es im Keller des Gebäudes Verliese und eine umfangreich ausgestattete Folterkammer. Sie war der Höhepunkt jeder Schlossführung, die der Earl, ein Mal im Monat, am ersten Mittwoch gegen Eintrittsgeld gestattete.

„Für sowas haben wir jetzt keine Zeit - vielleicht später", antwortete Ellinor, kicherte und küsste ihren Verlobten flüchtig.

„Komm, lass uns hinein gehen", sagte sie, „unsere Gäste sind schon seit einer Stunde bei den Cocktails, wir sollten mit dem Dinner beginnen, bevor alle betrunken sind."

Plötzlich war da ein Krachen. Ein Ast schien gebrochen worden zu sein. Das Geräusch kam aus den großen Rhododendren-Büschen, die nahe des Eingangsportals wuchsen.
Beide fuhren vor Schreck zusammen.

„Was war das? Ihr habt doch wohl keine wilden Tiere hier?", frotzelte Igor.
Ellinor verzog angewidert das Gesicht und sagte: „Ach, das ist nur Brandon!"
Sie bückte sich, nahm zwei große Kieselsteine vom Boden auf und schleuderte sie in das Gebüsch.
„Hau ab, Brandon!", schrie sie.
Ein paar Äste knackten und der oder das, was sich dort aufgehalten hatte, schien sich zu entfernen.

„Blöder Kerl! Immer spioniert er mir nach! Ich hasse ihn!"
„Wer ist das denn?"
„Brandon Leech! Papa lässt ihn hier wohnen. Er arbeitet im Garten. Er ist völlig irre."

„Was meinst Du?"

„Bekloppt! Ich kann solche Leute nicht ertragen, die gehören alle weggesperrt."

„Wieso? Wenn sie harmlos sind?"

Ellinor wurde wütend.

„Du findest es also richtig, dass so etwas frei herumläuft? Wer weiß denn, was in seinem kranken Hirn vorgeht? Ich fürchte mich vor ihm, er schleicht mir überallhin nach. Ich kann den Kerl nicht leiden!"

„Aber, warum lässt dein Vater ihn hier wohnen, wenn du solche Angst vor ihm hast?"

„Das erzähle ich Dir später."

Igor blickte noch einmal zum Gebüsch hinüber.

„Komm, es wird Zeit", sagte Ellinor und zog ihn ins Haus.

Im Vestibül nahm Igor seinen Schal ab, zog den Staubmantel aus und warf beides einem Diener zu, der damit hinter einer versteckten Tür verschwand.

Dann strich er seinen Anzug glatt, sah seine Verlobte an und fragte: „Nun? Wie sehe ich aus?"

Er trat einen Schritt zurück und spreizte die Arme ab.

Für den heutigen Abend hatte er einen eleganten schwarzen Abendanzug mit weißem Hemd und Fliege ausgewählt.

„Du siehst sehr gut aus."

Ellinor fasste ihren Verlobten bei der Hand und als die Beiden durch die geöffnete Glastür schritten, die das

Vestibül von der großen Halle trennte, wurden sie sofort bemerkt.

Lord Tottingham ging auf das Paar zu und begrüßte Igor.

„Mein lieber Igor, ich wollte schon eine Suchmannschaft nach dir aussenden."

Er lachte.

„Ich muss mich entschuldigen, Mylord. In der Bank hielt man mich länger auf, als ich eingeplant hatte."

Igor log, er hatte nicht gearbeitet. Am Vorabend war er in seinem Club gewesen, hatte gespielt und getrunken und es war spät geworden. Er war erst gegen Mittag aufgestanden, hatte ausgiebig gefrühstückt und fuhr erst am Nachmittag von London aus los.

Lord Tottingham hatte für diesen Abend eine große Gesellschaft geladen, Lords und Ladys, Barons, einen Duke mit Ehefrau, einen Marquis und Mitglieder des sogenannten Geldadels. Darunter waren Freunde von Igor. Auch Liza, die einmal mit Ellinor eng befreundet war, bevor diese ihr Igor wegnahm. Die beiden hatten schon ihre Hochzeit geplant, doch dann erschien Ellinor auf der Bildfläche und alles kam anders.

Liza konnte Ellinor das nie verzeihen. Insgeheim hoffte sie, Igor zurückzugewinnen. Für den heutigen Abend hatte sie sich ein neues Kleid im Stil der Pariser Modeschöpferin Madeleine Vionnet anfertigen lassen. Es war bodenlang, aus silbergrauer weich schimmernder Seide und die schmalen Träger waren mit kleinen Straß-

Steinen besetzt. Ihr Haar war hochgesteckt worden und seitlich mit einer Brillant-Spange geschmückt. Sie wusste, dass sie umwerfend aussah. Vielleicht war der heutige Abend die letzte Möglichkeit, Igor daran zu erinnern, dass sie die Richtige für ihn war und nicht Ellinor.

Liza stand neben dem großen Kamin in der Halle und spähte zu dem Paar des Abends hinüber. Hektisch nippte sie an ihrem Cocktail, bis ihr bewusst wurde, was sie da gerade tat. Sie musste vorsichtig sein. Zu schnell hatte sie den ersten Drink hinuntergestürzt. Diese Cocktails schmecken wie Soft-Drinks, fruchtig und süß. Sie erscheinen harmlos. Erst, wenn es zu spät ist, entfalten sie ihre ganze Wirkung. Liza hatte ihren Zweiten fast ausgetrunken und spürte nun, dass ihre Wangen glühten. Nein, heute Abend durfte sie sich nicht betrinken. Sie wollte den Anwesenden keine Show liefern. Niemand sollte wissen, dass sie Ellinor zutiefst verabscheute und Igor immer noch liebte. Nein, sie wollte gelassen und souverän auftreten. Also stellte sie ihr Glas auf dem Kaminsims ab und nahm sich ein Evian Wasser vom Serviertablett eines Dieners, der in ihrer Nähe stand. Hastig trank sie ein paar Schlucke und ging zu einer Gruppe junger Leute hinüber. Es waren Igors und ihre Freunde. Die jungen Männer arbeiteten, wie Igor, in einer der Londoner Banken oder sie hatten Stellungen in Whitehall. Die Frauen in ihrem Freundeskreis waren, bis sie heirateten, meist in Modehäusern beschäftigt oder hatten Jobs als Sekretärinnen. Liza war Geschäftsführerin einer schicken Galerie in der Bond Street, die ihrem Onkel gehörte. Die Clique traf sich zu vielen Gelegenheiten und hatte Spaß miteinander. Dann machte Liza den Fehler, Ellinor, die sich ab und zu geschäftlich in Vertretung ihres Vaters in London aufhielt, zu einer Party mitzunehmen und Igor vorzustellen.

Wie es der Zufall wollte, war Lord Tottingham Kunde der Bank, in der Igor arbeitete und so konnte Ellinor geschickt ihre Bekanntschaft zu ihm vertiefen.

Sie war die rechte Hand ihres Vaters und in seine Geschäfte eingeweiht. Ab und zu vertrat sie ihn bei wichtigen Terminen und man fürchtete sie für ihr taffes Auftreten. Sie setzte die Interessen ihres Vaters mit harter Hand durch und war damit sehr erfolgreich.

Und so kam Igor ihr gerade recht. Er sah umwerfend aus, hatte einen ordentlichen familiären Hintergrund, wenn auch nicht von Adel und er kannte sich in Finanzdingen aus, passte also perfekt zu ihr. Zusammen würden sie das Haus der Tottinghams erfolgreich in die nächste Generation führen.

Wäre da nur nicht Jeremy, ihr Bruder, der rechtliche Erbe, zumindest des Titels. Keine Tochter, auch nicht die Erstgeborene, konnte den Titel bekommen. Aber das Vermögen konnte der Earl seiner Tochter übertragen. Daran arbeitete sie. Sie hatte sich bei ihrem Vater unentbehrlich gemacht und Jeremy war fort. Weit weg!

Die Gesellschaft begab sich nun, angeführt von Lord Tottingham, hinüber zum Speisesaal, einem langgestreckten Raum, dessen Wände mit grüner Seide bespannt waren. Wuchtige Ölgemälde, Porträts und Landschaften, schmückten den Saal. Von der, mit Holzornamenten verzierten Decke hingen Kristallleuchter herab, die dem Raum ein angenehmes Licht verliehen.

Der Earl hatte schon vor vielen Jahren Elektrizität im Schloss installieren lassen, so dass man auf die altmodische Gasbeleuchtung verzichten konnte.

An den Wochenenden gab er ab und zu Gesellschaften zum Fischen oder Jagen. Dafür reichte die übliche Tafel, an der bis zu zwölf Personen Platz hatten, aus. Für die zahlreichen Gäste des heutigen Abends wurden zusätzliche Tische und Stühle vom Speicher geholt und so aufgestellt, dass sich eine U-Form ergab. Die Kopfseite war der Familie vorbehalten. Die Stühle wurden für den Anlass goldfarben gestrichen und neu aufgepolstert. Die grüne Seide entsprach der, der Wandbespannung. Für die Festtafel hatte man die exklusiven Damast-Tischtücher und Servietten aus den Schränken genommen. Ebenso kam das festliche Geschirr und das Familiensilber der Tottinghams zum Einsatz. Die Tafelaufsätze stammten teilweise aus der elisabethanischen Zeit. Üppige Blumenarrangements und dünne, lang gezogenen Kerzen, komplettierten die festliche Komposition.

An jedem Platz steckte, in einem zierlichen silbernen Halter, eine Tischkarte mit dem Namen der Person, die dort Platz nehmen sollte und der Butler, sowie die höher gestellten Diener, halfen den Gästen, ihre Plätze zu finden. Für das Verlobungspaar war in der Mitte des Familientisches gedeckt worden, so dass es von allen Anwesenden gesehen werden konnte. Rechts von Ellinor saß ihr Vater, links von Igor saß Susan und neben ihr Ivan Bosulow, der Vater von Igor. Er besaß eine Fabrik für Handschuhe und belieferte das Militär. Alle anderen Gäste waren dem Rang nach platziert worden, die Ranghöchsten nahe der Familie, die Rangniedrigsten hinten am Ende des Saales. Igors Freunde saßen dort, ebenso Liza.

Auf der Rückseite der Platzkarte war die Menüfolge notiert worden, Vorspeise, 1. Gang (Fisch), 2. Gang (Fleisch), danach Dessert, Früchte und Käse, dazu passende unterschiedliche Weine und Champagner.
Nach dem Fischgang erhob sich Lord Tottingham und klopfte mit dem Dessertlöffel behutsam an sein Weinglas. Alle im Saal unterbrachen ihre Unterhaltungen und blickten erwartungsvoll zu ihm hinüber.

„Liebe Familie, liebe Freunde, ich freue mich, dass Ihr so zahlreich erschienen seid, um mit mir die Verlobung meiner Tochter, Lady Ellinor und dem ehrenwerten Igor Bosulow zu feiern."

Die Anwesenden sahen freundlich zu dem Paar hinüber und klatschten in die Hände. Liza war nicht nach Applaus zu Mute. Sie konnte sich nur ein schmales Lächeln abringen.

„Lasst uns auf Lady Ellinor und Mr. Igor Bosulow anstoßen."
Alle erhoben sich.
„Alles Glück für Euch beide", sagte Lord Tottingham und prostete dem Paar zu und die Gäste riefen im Chor:
„Auf Lady Ellinor und Mr. Bosulow!"

Ellinor sah glücklich aus. Sie war gern der Mittelpunkt einer Gesellschaft und Igor gab ihr einen flüchtigen Kuss.

Das köstliche Dinner wurde fortgesetzt und nachdem der letzte Gang serviert war, ging man hinüber in die große Halle, in der die Band zum Tanz aufspielte. Ellinor genoss den Abend. Sie war der Star und Igor konnte kaum seine Hände von ihr lassen. Einige der Räume im Erdgeschoss des Schlosses hatte man für die Gäste geöffnet, so dass sie sich in kleinen Gruppen zu Gesprächen zurückziehen konnten. Von der Bibliothek aus, gelangte man durch hohe Glas-Türen, auf die große Terrasse, oberhalb des Sees. Einige Gäste gingen hinaus und spazierten ein wenig herum.

Das warme Licht der hohen Fenster spiegelte sich im Wasser des Sees und wurde dort in viele kleine glitzernde Lichtfetzen zerrissen, die auf den Wellen tanzten. Musik und Stimmen waren gedämpft zu hören, vereinzelt lachte jemand laut auf.

Ellinor und Igor tanzten den ganzen Abend. Nach Mitternacht verabschiedeten sich die Gäste nach und nach und es blieben nur wenige Personen zur Übernachtung im Schloss.

Auf der Terrasse war nun, außer dem Verlobungspaar, niemand mehr. Eng umschlungen standen sie an der Brüstung und Ellinor legte ihren Kopf an Igors Schulter. Sie schauten auf den See hinaus, der sich in tiefer Schwärze vor ihnen ausbreitete.

„Du wolltest mir etwas über diesen Brandon erzählen", sagte Igor.
Ellinor zögerte einen Moment.
„Er hat meiner Schwester einmal das Leben gerettet. Wir waren Kinder und spielten auf dem Bootssteg. Sie plumpste hinunter. Ich sah zu, wie sie herumstrampelte. Sie war vier und konnte nicht schwimmen. Ich fand das interessant und überlegte, wie lange es wohl dauern würde, bis sie untergeht."
Igor sah seine Verlobte irritiert an.
„Du bist ihr nicht nachgesprungen?"
„Nein! Wir waren Kinder!"

„Trotzdem! Es gibt doch so was wie Geschwisterliebe."

„Ehrlich gesagt, konnte ich Susan nie leiden. Ich bin die Erstgeborenen. Dann kam Jeremy, er ist der Erbe, damit musste ich mich abfinden. Aber als Susan kam, war ein zweites Mädchen da. Plötzlich kümmerten sich alle um sie. Aber ich war die Prinzessin, nicht sie! Als wir älter wurden, bemerkte ich, dass Papa mich vorzog. Er und ich sind uns ähnlich. Susan ist anders, gefühlvoll, schwach."

Ellinor verzog angewidert ihr Gesicht.

„Als ich merkte, dass sie keine Konkurrenz für mich war, habe ich sie nicht mehr bekämpft, nur noch ignoriert."

„Ich habe keine Geschwister, weiß also nicht wie das ist."

„Als der Unfall damals passierte, schlich Brandon wieder einmal herum und hatte bemerkt, dass Susan in den See gefallen war. Er sprang ihr nach und fischte sie heraus. Deshalb duldet mein Vater ihn hier. Susan kann bis heute nicht schwimmen. Sie hat Angst vor dem See."

„Der See hat etwas Unheimliches und es wird früh dunkel hier", sagte Igor.

„Ja, das liegt daran, wie die Berge am See verlaufen, schau", Ellinor deutete auf die hohe Felswand, die sich neben dem Schloss erhob.

„Die Wand verläuft entlang des ganzen Sees. Du musst dir die Form des Sees wie ein französisches Baguette vorstellen. Wir sind hier an der nördlichsten Stelle. Die Bergkette, also das Molland Gebirge, befindet sich im

Westen. Auf der anderen Seite des Sees, im Osten, ist das Land ganz flach. Im südlichen Bereich gibt es große Moorflächen. Dort darfst du niemals allein herumlaufen, du kennst die Tücken der Gegend noch nicht."

Sie drückte sich fest an ihn, legte ihre Hand an seine Wange und veranlasste ihn, sie erneut zu küssen. Er schaute ihr in die Augen und blickte dann wieder zum See.

„Schöne Sonnenuntergänge gibt es hier wohl nicht."

„Nein und im Winter wird es schon am frühen Nachmittag dunkel. Im Hochsommer verschwindet die Sonne kurz nach zwei Uhr hinter den Bergen und es wird kühl. Deshalb hat Vater den Wintergarten dahinten anbauen lassen."

Ellinor zeigte zum anderen Ende der Terrasse.

„Aber, es gibt grandiose Sonnenaufgänge und man kann hier draußen wunderbar frühstücken."

Igor lächelte und hob Ellinor ein wenig hoch. Dabei drückte er sein Gesicht flüchtig zwischen ihre Brüste.

Als sie wieder auf den Füßen stand, küssten sie sich erneut. Diesmal war es ein langer sinnlicher Kuss.

„Ach, da sind ja die frisch Verlobten!", rief jemand und das Paar erschrak.

Sie ließen voneinander ab.

Liza stand mit einem Glas in der Hand am Rand der Terrasse.

Igor schien verärgert zu sein und brummelte etwas vor sich hin.

Sie wankte auf die beiden zu und lallte: „Ein phantastischer Abend, nicht wahr?"

„Das war er, bis du hier aufgetaucht bist", sagte Ellinor.

Liza warf ihr einen wütenden Blick zu. Dann schmiegte sie sich an Igor und sagte: „Du hast den ganzen Abend noch nicht mit mir getanzt. Komm, tanz mit mir, der alten Zeiten wegen."

Sie zog ihn am Ärmel, aber er schubste sie weg.

„Lass das, Liza!"

Sie strauchelte und verlor das Glas, das am Steinboden der Terrasse in viele Stücke zerschellte.

„Du bist ja völlig betrunken! Sieh, was du gemacht hast!", schrie Ellinor.

Liza fummelte an einem ihrer Schuhe herum, an dem sich ein Riemen gelöst hatte. Trotz aller Vorsätze hatte sie im Laufe des Abends zu viel Wein und Champagner getrunken.

Als sie ihren Schuh wieder in Position gebracht hatte, quengelte sie erneut: „Los, Igor, tanz mit mir!"

„Liza!", rief er laut. „Ich werde nicht mit dir tanzen! Wenn du es noch nicht gemerkt haben solltest, die Band hat aufgehört zu spielen. Sie packt die Instrumente ein. Der Abend ist vorbei!"

„Du solltest jetzt wirklich zu Bett gehen, bevor es noch peinlicher wird", sagte Ellinor.

„Ich hoffe, du findest den Weg in dein Zimmer und wenn nicht, such dir einen der Diener aus", rief Igor, der sie verächtlich ansah.

Liza zog einen Flunsch. Sie warf beiden einen letzten Blick zu und wankte zurück ins Haus.

Als sie außer Sicht war, sagte Igor: „Der Auftritt war nun wirklich nicht nötig. Warum hast du sie eingeladen?"

„Sie war einmal meine beste Freundin. Ich wollte nicht, dass es noch mehr Gerede gibt. Sie hat überall herumerzählt, ich hätte dich ihr weggenommen. Mit der Einladung wollte ich dem Gerede ein Ende machen. Außerdem hat sie sich den ganzen Abend gut gehalten. Die Szene hier, hat niemand mitbekommen."

Ellinor fasste Igor bei der Hand und sagte: „Komm, lass uns ein paar Schritte gehen."

Am Ende der Terrasse beugte sie sich über die Brüstung und sah hinab. Igor umfasste ihren Körper von hinten, und sie richtete sich auf. Er liebkoste ihren Nacken. Sie liebte das.

„Lass uns hineingehen", flüstere er, „es ist spät und ich habe solche Sehnsucht nach dir."

Ellinor drehte sich um und sagte: „Wie wäre es, wenn wir eine Runde schwimmen? Es ist noch warm, und ich bin betrunken genug für ein Abenteuer."

Igor verzog das Gesicht.

„Nein, ich habe nichts übrig fürs Schwimmen!"

Er beugte sich über die Mauer und schaute in die schwarzen Fluten.

„Außerdem ist es bestimmt höllisch kalt."

„Dann gehe ich eben allein!", sagte sie, lachte und lief zur Treppe, die zum Bootshaus hinunterführte.

„Aber du hast keinen Badeanzug dabei!"

„Wer braucht denn einen Badeanzug?", rief sie und Igor lachte.

Dann folgte er ihr.

Als er unten ankam, stand sie am Ende des Stegs. Sie löste ihr Kleid im Rücken. Es glitt an ihrem Körper hinunter und fiel zu Boden. Igor fand das sehr sexy. Nun stand sie in ihren champagnerfarbenen Seidendessous im Mondlicht. Der zarte Stoff umfloss ihre Brüste, deren Form deutlich zu erkennen war.

Igor ging zu ihr hinüber und zog sie fest an sich.

„Oh, Gott, du machst mich ganz verrückt. Ich muss dich sofort haben! Komm wir gehen ins Bootshaus."

Er biss sie leicht in ihren Hals.

„Immer diese heißblütigen Russen!", frotzelte Ellinor.

„Was heißt hier, diese Russen? Ich bin doch wohl der Einzige oder?"

„Aber selbstverständlich mein Liebling."

Sie küsste ihn auf sein Ohrläppchen. Dann machte sie sich von ihm los und griff sich ins Haar.

„Hier deponiere das irgendwo."

Sie gab ihm ihr Diadem und als er sich umdrehte, um es auf dem Steg abzulegen, sprang Ellinor kopfüber in den See. Nach einigen Sekunden tauchte sie wieder auf und strich sich ihr nasses Haar aus dem Gesicht. Wasser perlte an ihren Wangen herunter und ihr Antlitz leuchtete im Schimmer des Lichtes, das vom Schloss auf die Wasseroberfläche hinabfiel.

„Komm, sei kein Frosch, komm auch rein, es ist herrlich!"
„Nein, wirklich nicht, aber ich sehe dir ein wenig zu."
Ellinor schwamm weiter hinaus, drehte sich auf den Rücken und ließ sich auf dem Wasser treiben.
„Schau dir den Himmel an, Millionen Punkte und es werden immer mehr, je länger man hinsieht", rief sie.
Igor blickte hinauf.
„Ja, sowas gibt es in London nicht! Da wird es nie richtig dunkel."
Als er wieder zum Wasser sah, war Ellinors Gesicht nur noch ein kleiner heller Punkt.

„Ellinor, nicht weiter! Ich sehe dich kaum noch!"
„Ok", rief sie, „ich schwimme langsam wieder zurück. Schaust du bitte im Bootshaus nach, ob da Handtücher sind? Für gewöhnlich liegen da welche!"
„Gut! Ich sehe nach!"
Igor ging zum Bootshaus, das in völliger Dunkelheit lag. Niemand hatte damit gerechnet, dass sich jemand an diesem Abend dort aufhalten würde, so war keine der

Laternen angezündet worden. Hier unten gab es kein elektrisches Licht.

Es dauerte einen Moment, bis sich Igors Augen an die Dunkelheit gewöhnt hatten. Nach und nach war das Innere der Hütte zu erkennen. Er entdeckte ein Regal. Dort, müssten die Handtücher zu finden sein, dachte er.

Ellinor schwamm in langsamen Zügen zurück in Richtung des Stegs, als sie eine Druckwelle fühlte. Sie stoppte. Dann war da wieder eine. Etwas umkreiste sie, das spürte sie ganz deutlich. Sie erschrak und bekam plötzlich schreckliche Angst.

„Igor?", rief sie.

„Ja, ich komme gleich, ich kann die blöden Handtücher nicht finden!"

Ellinor schwamm nun schneller. Was für ein Fisch mochte das sein, dachte sie. Nur etwas Großes konnte diese Wellen verursachen. Seit ihrer Kindheit hatte sie immer im See gebadet. Niemals wurde sie von einem Fisch angegriffen.

Sie schwamm schneller.

Dann, blitzartig, spürte sie einen Stoß und ein heftiges Brennen an ihrem Oberschenkel. Sie griff sich reflexartig an die Stelle und fühlte etwas Warmes. Sie realisierte, dass es nur ihr Blut sein konnte, denn das Wasser war kühl. Sie hob ihre Hand über die Wasseroberfläche und sogar in diesem Zwielicht konnte sie ihr Blut erkennen, das ölig zwischen ihren Fingern über ihre Hand lief.

Jetzt wurde sie von einer Panik ergriffen und schrie mit aller Kraft, die sie aufbringen konnte.

„Igoooor!!!!!!!!"

„Ja, ja, ich habe es gleich", kam aus dem Bootshaus.

Ellinor schwamm in völliger Verzweiflung, so schnell sie konnte. Sie war eine gute Schwimmerin. Nur noch ein paar Meter und sie hätte die Leiter am Bootssteg erreicht.

Plötzlich packte sie eine feste Klammer am Fuß und zog sie mit einem heftigen Ruck nach unten. Mit aller Kraft versuchte sie wieder an die Oberfläche zu kommen, sie strampelte, um den Fuß zu lösen, aber sie wurde immer tiefer gezogen. Sie wollte atmen, rang nach Luft, sie hörte sich selbst, wie sie unter Wasser schrie, große Luftblasen strömten aus ihrem Mund, sie schluckte, hustete, röchelte. Sie kämpfte um ihr Leben. Krämpfe setzten ein, die kein Ende zu nehmen schienen. Sie konnte sich nicht mehr bewegen und verlor das Bewusstsein. Ihr Körper wurde schlaff.

Jetzt löste sich die Umklammerung und ihr Körper schwebte einen Moment in der Tiefe des Sees, bis er langsam zum schlammigen Boden hinabsank.

„Endlich habe ich es gefunden", rief Igor, der mit einem gelb-weiß gestreiften Badetuch in der Hand aus dem Bootshaus kam.

Er ging zum Ende des Bootsstegs und suchte die Wasseroberfläche ab.

„Wo bist Du?"
Sein Blick huschte hin und her, aber er konnte Ellinor nicht entdecken.
Dann sah er bei der Leiter nach, die ins Wasser führte. Auch da war sie nicht. Nun ging er den Rand des Steges ab. Erst suchte er auf der einen Seite, dann auf der anderen, bis er wieder am Ende ankam. Nirgends war seine Verlobte zu finden.
Nun wurde er unruhig und rief erneut nach ihr, immer wieder, nichts, keine Antwort.
Er schüttelte den Kopf und wirkte ratlos.

„Ellinor, lass den Scheiß, du machst mich nervös! Wo hast du dich versteckt?"
Aber, es kam keine Antwort.
Er rief weiter nach ihr.
„Also, ich werde langsam ärgerlich! Das ist kein Spaß mehr! Komm sofort raus!"
Wieder nichts.
Er rannte zum Bootshaus. Vielleicht hatte sie sich da versteckt. Es gab einen Zugang vom Wasser aus.
Er durchsuchte den Schuppen, auch das kleine Segelboot, das dort angebunden war. Es hatte vorn eine Kabine.
Wollte sie ihn überraschen?
Nichts.

Keine Ellinor.

Igor lief erneut zurück zum Ende des Stegs, wie jemand der etwas verlegt hat und immer wieder dieselben Stellen absucht. Er rief Ellinors Namen, wieder und wieder, bis er Aufmerksamkeit erregte.

Oben auf der Terrasse versammelten sich die wenigen noch verbliebenen Gäste und Lord Tottingham rief: „Igor, was ist denn los?"

„Sie ist weg! Einfach weg! Ich kann sie nicht finden!"

„Wir kommen runter!", rief Lord Tottingham und machte zweien seiner Freunde Zeichen, ihn zu begleiten.

„Ihr Anderen bleibt hier oben."

Dem Butler rief er zu, er solle Öllampen besorgen und zum Steg hinunterbringen lassen.

Unten fand er den Verlobten seiner Tochter in völliger Verzweiflung vor, den Tränen nahe. Er hielt immer noch das gestreifte Badetuch umklammert in seiner Hand.

„Was ist passiert?"

„Sie wollte schwimmen und jetzt ist sie weg!"

„Was heißt das? Wie kann sie weg sein, hast du sie nicht im Auge behalten?"

„Zuerst ja, aber dann bin ich ins Bootshaus, um ihr ein Handtuch zu holen. Als ich wieder herauskam, war sie verschwunden."

Er brach zusammen und weinte bitterlich.

Der Earl sah auf ihn herab, drehte sich zu seinen Freunden um und rief: „Wir müssen sie suchen!

Vielleicht ist sie abgetrieben worden und irgendwo ans Ufer gekommen. Die Strömung ist tückisch hier."

Igor beruhigte sich. Zwei Diener kamen und brachten Lampen.

Der Steg und das Bootshaus wurden noch einmal gründlich abgesucht, dann begab man sich hinauf zum Schloss und berichtete den anderen, was vorgefallen war.

„Wir bilden einen Suchtrupp! Ich bitte die Herren mich und Igor zu begleiten. Wir müssen das Ufer absuchen!", sagte Lord Tottingham.

Die männlichen Gäste begaben sich von der Terrasse ins Gebäude, um ihre Mäntel zu holen.

„Aber Papa", sagte Susan, „ich würde gern mitgehen."

„Nein! Du und die anderen Frauen bleiben hier. Wir haben schon genug zu tun und können uns nicht auch noch um herumirrende Weibsbilder kümmern, die mit ihren Absätzen im Schlamm stecken bleiben."

Susan hasste es, wenn ihr Vater so etwas sagte.

Die Frauen warteten also im großen Salon. Es dauerte fast zwei Stunden bis die Männer müde und erschöpft zurückkehrten.

„Wir haben die Suche abgebrochen! Ich rufe jetzt die Polizei", sagte Lord Tottingham und ging zum Telefon, das in der Halle stand.

Am nächsten Tag reisten die Übernachtungsgäste ab. Nur Liza blieb weiterhin im Schloss. Lord Tottingham, der annahm, dass sie eine enge Freundin seiner Tochter war, bat sie, zu bleiben. Liza hatte nichts dagegen, konnte sie nun doch ihrem geliebten Igor beistehen.

Mit der Unterstützung der beiden Ortspolizisten Sergeant Pallam und Sergeant Neal wurde weiter nach Ellinor gesucht. Männer aus dem Ort unterstützten sie. Bis zum Abend wurde erneut das Ufer und die Umgebung abgesucht. Nichts.

Kapitel 2

Am Morgen, des nächsten Tages, saßen der Earl, Susan, Igor und Liza beim Frühstück auf der Terrasse.

Die Stimmung war gedrückt, niemand sprach ein Wort.

Igor war fahl im Gesicht und stocherte in seinem Rührei herum. Ellinor war nun seit zwei Tagen verschwunden.

Lord Tottingham ergriff als Erster das Wort: „Ich glaube, wir müssen der Tatsache ins Auge sehen, dass sie ertrunken ist. Die Polizei wird nun mit Booten den ganzen See absuchen müssen."

Als Susan hörte, was ihr Vater sagte, sprang sie auf: „Nein, das kann nicht sein! Sie ist eine so gute Schwimmerin!"

Sie lief zur Brüstung und blickte über den See.

Obwohl sie von Ellinor nie freundlich behandelt worden war, hatte Susan ihre große Schwester gern. Sie bewunderte sie und nahm es ihr nicht übel, wenn sie von ihr herumkommandiert wurde.

Plötzlich stieß sie einen schrillen Schrei aus.

Liza fiel vor Schreck die Tasse aus der Hand und Milchkaffee ergoss sich über ihr Kleid.

„Susan! Bist du nun völlig verrückt geworden! Sieh, was du angerichtet hast!", schrie Liza und versuchte, mit der Serviette ihr Kleid zu säubern.

Die anderen blickten zu Susan hinüber, die ihren Arm ausgestreckt hatte und zitternd auf den See hinaus zeigte. „Da!"

Alle sprangen auf und liefen zur Brüstung.

In einiger Entfernung trieb etwas im Wasser, das wie ein weißes X aussah. Nach wenigen Sekunden erkannten alle, dass es ein menschlicher Körper war.

Igor schien aus einem Traum aufzuwachen und schrie: „Ellinor!!!!!!!!"

Er kletterte auf die Brüstung und Liza rief: „Nein, Igor, nein! Sie ist tot!"

Doch er war bereits hinabgesprungen und schwamm auf das weiße Etwas zu.

„Schnell, wir müssen ihm helfen", rief Lord Tottingham und lief zur Treppe.

„Soll ich die Polizei verständigen, Sir?", rief Ruskin, der beim Frühstück immer im Hintergrund stand.

„Ja!", rief der Earl und rannte die Treppe zum Bootssteg hinab.

Igor hatte den toten Körper erreicht, umfasste ihn und brachte ihn zum Steg. Er wagte nicht, in das Gesicht der Toten zu sehen. Als er den Steg erreicht hatte, wurde er vom Earl und einem Diener erwartet. Sie zogen den leblosen Körper aus dem Wasser und legten ihn auf dem Steg ab. Susan und Liza kamen näher.

Alle starrten auf die Tote. Es war Ellinor, verändert und aufgequollen, aber klar zu erkennen. Igor war über die Leiter aus dem Wasser gestiegen und kauerte sich tropfnass neben den Leichnam. Er nahm ihre Hand, führte diese zu seinem Gesicht, küsste sie und begann zu weinen.

Liza ging zu ihm, hockte sich neben ihn und berührte ihn an der Schulter.

„Komm Igor, hier kannst du nichts mehr tun."

Sie stand auf, fasste ihn unter die Achseln und half ihm auf die Beine. Sein Blick war leer. Er stand wie benommen neben ihr.

Susan zog sich ihren Pashmina-Schal von den Schultern und bedeckte damit das Gesicht und den Torso ihrer Schwester. Die nackten Beine der Toten schauten unter dem Schal hervor.

Susan deutete darauf und sagte: „Wie seltsam."

Kapitel 3

London, Scotland Yard, einige Tage später.

Mary Abbot legte den Telefonhörer auf die Gabel, nahm ihren Notizblock und ging hinüber zum Büro ihres Chefs. Sie trug, wie gewöhnlich, eines ihrer Kostüme. Der Rock war um die Hüften schmal geschnitten, wadenlang und sprang zum Saum hin so weit auf, dass er ihr einen flotten Schritt ermöglichte. Dazu trug sie eine kragenlose schlichte Bluse, die im Rücken mit zahllosen kleinen Knöpfen geschlossen wurde und beim Anziehen akrobatische Verrenkungen erforderte, um an alle Knöpfe heranzukommen. Die Jacke war tailliert und hatte ein Revers, wie es bei Herren Jacketts üblich war. Mary ließ sich ihre Kostüme in einem Schneideratelier ganz nach ihren Bedürfnissen anfertigen. Es war ihre Arbeitskleidung, elegant, aber vor allem praktisch. Sie trug dazu feste Schnürschuhe mit einem kleinen Absatz. So konnte sie ihrem Chef problemlos folgen, wenn sie ihn im Außeneinsatz begleitete. Ihr dunkelblondes Haar hatte sie wie gewöhnlich zu einem Knoten im Nacken gebunden. Niemals hätte sie sich mit offenem Haar gezeigt. Außerdem ermöglichte ihr diese Frisur das Tragen der kleinen Hüte, die sie so liebte. Mary besaß eine große Anzahl unterschiedlichster Modelle, die zum Teil sehr ausgefallen waren und ihren Chef ab und zu veranlassten, darüber lustige Kommentare abzugeben. Die Hüte waren der einzige Luxus, den sie sich gönnte und in London gab es unzählige Hutgeschäfte, in denen sie ihre Lust befriedigen konnte.

Mary arbeitete seit einigen Jahren für Inspektor Barclay. Nach dem College machte sie eine Ausbildung zur Sekretärin. Einer ihrer Onkel war bei Scotland Yard und fragte sie, ob sie Interesse habe, bei der Polizei zu arbeiten. Sie dachte, dass es eigentlich egal sei, wo sie als Sekretärin arbeiten würde. Die Aufgaben waren sicherlich überall gleich, Korrespondenz und Berichte schreiben, Terminplanung und für den Vorgesetzten Botengänge erledigen, für Tee oder Kaffee zu sorgen und so weiter. Also sagte sie zu. Zunächst arbeitete sie in einem Schreibbüro, bis eine Sekretärin für einen der Inspektoren gesucht wurde und Mary bekam den Job. Zunächst war ihr Aufgabenbereich auf die üblichen Arbeiten einer Sekretärin beschränkt. Aber nach und nach hatte sie sich durch ihren Scharfsinn zu einer Assistentin des Inspektors entwickelt, obwohl er sie, anderen gegenüber, meist als seine Sekretärin vorstellte. Ab und zu sagte er Assistentin, was Mary viel besser gefiel.

Inspektor Barclay war ein Mann mittleren Alters, groß, schlank und unverheiratet. Er mochte Mary auf Anhieb. Sie war ihm in ihrem Wesen ähnlich und sie ergänzten sich. Auch sie fand ihren Chef vom ersten Augenblick an sympathisch. Er gefiel ihr, aber obwohl beide Singles waren, gab es niemals Momente zwischen ihnen, die man als erotisch hätte bezeichnen können. Beide waren einander zugetan, ohne dass sich einer der beiden in den anderen verliebt hatte. Sie waren Partner.

Die Tür von Inspektor Barclays Büro war, wie gewöhnlich, offen. Er saß an seinem Schreibtisch und las in der Times. Wie jeden Morgen studierte er zunächst den Sportteil. Er wettete ab und zu beim Pferderennen.

„Klopf, klopf!", sagte Mary, „es gibt Arbeit, Chef!"
„Was'n los?"
„Ich erhielt gerade einen Anruf vom Polizeibüro in Carlisle. Die haben da zwei Tote und bitten um Amtshilfe."
Barclay sah immer noch in die Zeitung.
„Carlisle? Wo ist das? Bestimmt irgendwo im Nirgendwo?"
„Schlimmer! Im Lake District!"
Er lies die Zeitung sinken und starrte Mary ungläubig an.

„Lake District? Och, nöö, da regnet es doch immer! Was sind denn das für merkwürdige Leichen, dass die da oben nicht selbst damit klarkommen?"
„Es handelt sich um eine junge Frau, die Tochter von Earl Tottingham…"
„Ach, daher weht der Wind", unterbrach Barclay, „ein prominentes Opfer und schon wird Scotland Yard bemüht!"

„Nein Chef, es geht noch weiter. Der zweite Tote ist ein einfacher Mann aus dem Dorf."

„Aber wo liegt denn das Problem, dass die meinen unsere Hilfe zu benötigen?"

„Nun, da gibt es wohl ein Rätsel. Beide sind im See ertrunken."

Der Inspektor rollte mit den Augen: „Nah und?"

„- und beide haben eine sich gleichende, seltsame Verletzung. Die Polizei meint, es würde aussehen, wie eine Signatur, vielleicht von einem Serienmörder?"

Nun wurde Barclay munter.

„Was ist das für eine Verletzung?"

Mary blätterte in ihren Notizen: „Schnitte, sagte der Mann am Telefon."

„Schnitte?"

„Ja, Schnitte, parallel verlaufend."

„Parallel verlaufend?"

„Also, Chef, wiederholen Sie doch nicht alles, was ich sage."

Jetzt fiel es auch dem Inspektor auf. Er grinste, legte die Zeitung beiseite und erhob sich von seinem Sessel.

„Nun gut, Miss Abbot, machen wir uns auf den Weg nach Carlisle. Wie weit is'n das?"

„Carlisle liegt an der schottischen Grenze."

„An der schottischen Grenze?"

„Sie machen das ja schon wieder!"

„Ok, ok, ich hör auf damit. Das müssen ja mehr als 300 Meilen sein. Also Miss Abbot, dann besorgen Sie uns mal Zugfahrkarten und packen ihr Köfferchen für einen Kurzurlaub."

Mary ahmte einen militärischen Gruß nach, lächelte und sagte: „Zu Befehl, Chef!"

Zwei Stunden später erwartete sie ihn mit ihrem Koffer in der Halle von Euston Station. Sie hatte vorsorglich verschiedene Zeitungen, Sandwiches und für sich selbst den neuesten Roman von Agatha Christie besorgt. Die Fahrt würde lang werden.

Der Inspektor erschien in seinem langen Mantel mit einer kleinen Reisetasche in der Hand.

„Ach, Miss Abbot, Sie sind ein Schatz und denken an alles", rief er ihr zu und nahm den Stapel Zeitungen entgegen.

„Und Sie haben sich einen Kriminalroman besorgt?"

„Ja, `Die Morde des Herrn ABC´. Eine Freundin von mir hat ihn schon gelesen. Es geht um einen Serienmörder, aber mehr hat sie mir nicht verraten."

„Gibt es nicht genug Mord und Todschlag während Ihrer Arbeitszeit, dass Sie sich auch noch in ihrer Freizeit damit beschäftigen?"

„In den Büchern ist doch immer alles viel spannender als bei uns! Und wer weiß, vielleicht haben wir es im Lake District auch mit einem Serienmörder zu tun. Vieleicht hilft das Buch uns weiter."

Barclay rollte mit den Augen und schmunzelte.

Mary schaute hinauf zur großen Bahnhofsuhr.

„Es ist 12.20 Uhr! Wir müssen zum Zug!"

Beide liefen eilig zum Bahnsteig. Die Lokomotive verströmte bereits verdächtig viel Dampf, so dass die Abfahrt unmittelbar bevorstand.

„Nun aber schnell. Ich habe uns zwei Fensterplätze reserviert", sagte Mary und suchte nervös nach dem richtigen Wagon. Dann blieb sie abrupt stehen und rief: „Hier ist es! Schnell rein!"

Auf der grün gestrichenen Tür stand ´Third´.

„Die Dritte, wie immer!", sagte Barclay enttäuscht.

„Was erwarten Sie? Mehr war nicht drin."

„Ich liebe meinen Job! Hoffentlich ist wenigstens das Zimmer im Hotel schön."

Der Inspektor riss die Tür zum Abteil auf und half Mary einzusteigen. Dann sprang er selbst hinein, da der Zug bereits anrollte.

Sie hatten das Abteil für sich und es gab keinen innen liegenden Gang, der die Abteile verbunden hätte.

Mary zog ihre Kostümjacke aus, legte ihre Handtasche auf der Sitzbank ab und machte es sich am Fenster in Fahrtrichtung bequem. Barclay verstaute das Gepäck auf den Ablagen über den Sitzen. Dann legte er seinen Hut ab, zog seinen Mantel aus und nahm Mary gegenüber Platz.

„Es macht Ihnen doch nichts aus, dass ich mich in Fahrtrichtung gesetzt habe? Rückwärtsfahren bekommt mir nicht so gut", sagte Mary.

„Mir ist völlig egal, ob ich im Zug vorwärts oder rückwärts fahre. Aber Schiffe vertrage ich nicht. Also die Boote, die auf der Themse von Westminster nach Hampton Court fahren, sind ok, aber ich bin einmal bei starkem Seegang von Dover über den Kanal nach Calais gefahren. Ich sag Ihnen, da habe ich mein Frühstück nicht lange bei mir behalten."

Mary räusperte sich, zog den Krimi aus ihrer Tasche und begann zu lesen. Barclay griff nach einer der Zeitungen, die er neben sich abgelegt hatte und beide reisten eine Weile, ohne sich zu unterhalten. Sie durchquerten Hertfordshire, Bedfordshire und Northamptonshire.

Als sie den Bahnhof von Coventry erreichten, stand Barclay auf und fragte: „Möchten Sie auch etwas trinken?"

„Ja, sehr gern. Einen Tee und ein Selterswasser bitte."

Barclay öffnete die Abteiltür und winkte den Mann mit dem Erfrischungswagen heran.

„Was kann ich Ihnen anbieten, Sir?"

„Zweimal Tee und eine zwei Flaschen Selters Wasser."

Der Mann reichte Barclay die gewünschten Getränke und Mary nahm sie ihm ab. Sie hatte das kleine Tischchen ausgeklappt, das sich an jedem Platz befand und stellte den Tee und die Flasche darauf ab. Der Inspektor bezahlte und schloss die Tür.

„Nun wäre auch Zeit für einen kleinen Imbiss", sagte Mary und packte die Sandwiches aus.

„Gute Idee."

Barclay rieb sich die Hände.

„Ich habe hier Käse mit Bacon, Käse mit Tunfisch oder kalten Braten ohne Käse?", sagte Mary.

„Kalten Braten, bitte."

Mary reichte ihrem Chef das Sandwich mit einer Serviette. Barclay nahm es dankbar an und biss direkt hinein. Dann nahm er einen Schluck Tee und sagte: „So lässt es sich leben. Ein Picknick im Zug, während die Landschaft vorbeieilt."

Der Zug hatte sich wieder in Bewegung gesetzt und Fahrt aufgenommen.

„Ja. Ich fahre auch gern mit dem Zug. Man kann entspannen und lesen, sogar ein Schläfchen machen. Das kommt natürlich auf die Gesellschaft an", sagte Mary.

„Oh, ich hoffe, sie spielen nicht auf mich an?"

Der Inspektor lachte.

„Ach, Chef, wir kennen uns schon so lange. Ich meine natürlich Fremde im Abteil. Wenn Fremde da sind, könnte ich niemals ein Nickerchen machen."

„Ich kann überall schlafen."

„Das zeugt von einer ausgeprägten Selbstsicherheit", sagte Mary und lächelte.

Nun biss auch sie in ihr Sandwich.

„Soll das heißen, dass Sie nicht selbstsicher sind?", fragte Barclay.

„Nur in wachem Zustand", antwortete Mary und lachte.

Als beide ihre Brote gegessen hatten und bei ihrem Tee saßen, fragte Barclay: „Miss Abbot, ich habe mich immer gefragt, warum Sie noch nicht verheiratet sind?"

Mary sah ihren Chef verwundert an. In all den Jahren der Zusammenarbeit war das Thema Privatleben nie angesprochen worden. Beide wussten voneinander nur, wo sie wohnten und dass sie unverheiratet waren. Sonst wurde nicht über Persönliches gesprochen.

„Aber Chef, das ist eine sehr private Frage."

„Ich glaube, wir waren in all den Jahren noch nie so lange ungestört, also dachte ich, ich frage einfach mal."

Mary schmunzelte.

„Und, warum sind Sie noch nicht verheiratet?", fragte Mary.

„Die Gegenfrage ist unfair. Ich habe zuerst gefragt."

Mary zögerte, aber sie fühlte sich so vertraut mit ihrem Chef, dass sie sich dazu äußern wollte.

„Tja, wie soll ich mich erklären?"

Barclay blickte sie erwartungsvoll an.

„Sie werden schockiert sein, aber Ehe und Mutterschaft waren nie meine erklärten Lebensziele. Vielleicht ungewöhnlich für eine Frau. Es wird Frauen ja unterstellt, dass sie ein natürliches Bedürfnis hätten, Mutter zu werden. Das war bei mir nie so."

Sie blickte aus dem Fenster und sah dann wieder zu Barclay herüber, der keine Miene verzog.

„Also, ich mag Kinder", fuhr sie fort, „ich habe zahlreiche Nichten und Neffen, aber die reichen mir. Ich wollte nie eigene haben."

„Aber Sie hätten dennoch heiraten können."

Mary lächelte ihren Chef an.

„Für mich war mein Beruf immer sehr wichtig, er macht mir Spaß und gibt mir vor allem finanzielle Unabhängigkeit. Nur wenige Männer hätten Verständnis dafür, dass die Frau, die sie heiraten wollen, weiter ihren Beruf ausübt. Zumindest habe ich keinen getroffen. So blieb ich allein. Aber ich hadere nicht damit, im Gegenteil. Manchmal, wenn ich nach der Arbeit müde nach Hause komme, bin ich beinahe froh, dass da niemand ist und ich meine Ruhe habe."

Der Inspektor nickte verständnisvoll.

„Und nun zu Ihnen, Chef."

„Es hat sich einfach nicht ergeben. Ich war wohl immer mit meinem Beruf verheiratet."

Das war typisch Mann, dachte Mary. Sie gab ihm ihr Inneres preis und er tat das Thema mit einer kurzen Bemerkung ab.

Beide schwiegen und sahen aus dem Fenster. Sie hatten knapp die Hälfte der Strecke hinter sich.

Gegen Abend traf der Zug in Carlisle ein und erwartungsgemäß regnete es in Strömen, so dass sie ein Taxi zum Hotel nahmen. Carlisle war eine Kleinstadt, aber die Größte im Lake District.

Die Unterkunft, ein familiengeführtes Stadthotel, war im viktorianischen Stil erbaut worden.

Als der Inspektor aus dem Wagen stieg, betrachtete er die Fassade und nickte zustimmend.

Mary bezahlte den Fahrer und beide betraten das Hotel. Dort wurden sie von einem Herrn, der hinter einer kleinen Rezeption stand, erwartet.

„Guten Abend! Sie müssen die Herrschaften aus London sein?"

„Guten Abend!", antwortete der Inspektor.

„Mein Name ist Barclay und das hier ist meine Assistentin, Miss Abbot."

Der Mann schaute in das Anmeldebuch und bat um die Pässe. Dann drehte er sich zum Schlüsselbrett um und händigte beiden ihre Schlüssel aus.

„Ihre Zimmer sind im ersten Stock. Leider nicht nebeneinander, das war aufgrund der kurzfristigen Buchung nicht möglich."

„Oh, das macht gar nichts", sagte Mary hastig.

„Ein Restaurant haben wir hier nicht, aber dort ist der Ausschankraum unseres Pubs. Sie bekommen dort kleine Speisen, also Sandwiches, Suppen und sowas. Vormittags wird dort von 7 bis 8 Uhr das Frühstück serviert. Dann ist der Raum nur für die Hotelgäste geöffnet."

„Das wird schon gehen", sagte Mary und nahm ihren Schlüssel.

Am nächsten Morgen hatte es aufgehört zu regnen. Barclay und Mary gingen zu Fuß zur örtlichen Polizeiwache.

„Es tut gut, sich ein wenig die Beine zu vertreten, nach der langen Fahrt gestern,", sagte Mary und Barclay nickte.

Als sie das Foyer der Wache betraten, blickte ein mürrisch aussehender Polizist auf und sagte: „Name und Anliegen!"

Der Inspektor sah Mary verdutzt an und zog seinen Ausweis aus der Brusttasche seines Mantels.

„Scotland Yard!"

Der Polizist erschrak, sprang auf und sagte: „Oh, ehm, ja, entschuldigen Sie, Sir. Das konnte ich ja nicht wissen!"

„Ich bin Inspektor Barclay und das ist meine Assistentin, Miss Abbot. Wir wurden gebeten Ihnen bei den Ermittlungen bezüglich der beiden Toten vom Lake Molland unter die Arme zu greifen."

„Och?"

„Sie wissen gar nichts davon?", fragte Barclay.

„Nö."

„Sie wissen nichts von den Toten, oder Sie wissen nicht, dass wir kommen?"

„Von den beiden Leichen weiß ich."

Der Inspektor rollte mit den Augen. Er hatte es hier wohl mit einem ganz besonderen Exemplar von Polizisten zu tun.

„Wer leitet diese Wache?"

„Das ist Sergeant Pool."

„Und? Wo finde ich Mr. Pool?", fragte Barclay.

„Im Krankenhaus, seine Frau bekommt ein Kind."

Barclay sah wieder zu Mary, die sich zu Wort meldete:
„Das passt ja sehr gut. Wir wollten uns ohnehin zuerst
die Leichen ansehen und die finden wir sicherlich in der
Pathologie des Krankenhauses?"
„Nö, sowas haben wir hier nicht. Die sind nach
Newcastle geschafft worden, in die dortige Universität.
Die haben da ein medizinisches Insti... Insti..."
„...tut", sagte Mary.
„Genau!"
„Newcastle, auch das noch! Wie weit ist das von hier?",
fragte Barclay.
„So 60 Meilen. Sie können einen der Wagen haben. Aber
ich kann Sie nicht fahren, bin ja heute alleine hier."
„Ich kann fahren!", sagte Mary.
„Schön", sagte der Polizist, „Sie müssen nur noch diese
Formulare ausfüllen."
„Das wird ja immer schöner!", sagte Barclay.
„Lassen Sie nur, ich mache das", sagte Mary und nahm
die Formulare entgegen.
„Ich muss doch nachweisen können, dass ich Ihnen den
Wagen geliehen habe!", protestierte der Polizist und der
Inspektor nickte.
Während Mary schrieb, ging Barclay in der Wache
umher und schaute sich um.
Er betrachtete ein paar Fotos, die in einer Vitrine
aufgestellt waren und fragte: „Wie ist das hier so? Gibt
es viele Verbrechen?"

„Och, ich weiß nicht? Das eine oder andere -, vor allem Schlägereien und ab und zu mal einen Diebstahl."

„Ach! Was war denn das größte Ding hier?"

„Ding?"

„...der größte Diebstahl!"

„Ach, so meinen Sie das. Hmm, muss mal überlegen."

Der Inspektor sah den Polizisten erwartungsvoll an.

„Ich denke, das war wohl der Diebstahl des Zuchtbullen von Bauer Larreby."

„Diebstahl eines Zuchtbullen?"

„Ja, der war preisgekrönt und viel wert. Man fand das arme Tier in einem Schuppen, in seine Einzelteile zerlegt und die besten Teile waren weg."

„Haben Sie den Missetäter gefasst?"

„Nein, leider nicht. Der läuft noch frei herum. Ich hätte ja weitergesucht, aber mein Chef, also Mr. Pool, sagte, dass wir die Akte zumachen."

„Apropos Akte, können Sie mir die Akte zu den beiden Todesfällen überlassen?"

„Nur, wenn Sie mir diese Formulare ausfüllen."

Der Polizist zog weitere Bögen unter dem Tresen hervor. Mary, die gerade mit den ersten Formularen fertig war, begann ohne Widerspruch die anderen auszufüllen.

„Es muss schließlich alles seine Richtigkeit haben", sagte der Polizist und ging in einen Nebenraum.

Der Inspektor stieß Mary behutsam an und flüsterte: „Kein Wunder, dass die hier unsere Hilfe brauchen."

Mary lächelte und beschäftigte sich weiter mit den Vordrucken.

Der Polizist kehrte mit einer dunkelgrünen Mappe zurück und reichte sie dem Inspektor. Dieser blätterte flüchtig darin herum und sagte: „Gut, damit beschäftige ich mich während der Fahrt."

Mary war fertig, schob die Papiere über den Tresen und nahm die Schlüssel für das Fahrzeug entgegen.

„Der Wagen steht um die Ecke."

Barclay verlies grußlos die Wache und Mary folgte ihm. An der Tür drehte sie sich um und sagte: „Grüße an Mr. Pool und alles Gute für seine Frau und das Baby."

Das Auto stand wie angekündigt in der Seitenstraße. Mary nahm hinter dem Steuer Platz, während es sich der Inspektor im Fond bequem machte.

„Dann mal los, Miss Abbot."

Kapitel 4

In der Universitätsklinik wurden Inspektor Barclay und Mary vom Leiter des medizinischen Instituts Dr. Hayel erwartet. Er führte sie in das Untergeschoss des Gebäudes. Am Ende eines langen Ganges blieb er vor einer breiten grau gestrichenen Metalltür stehen, auf der `Pathologie´ zu lesen war.

„Möchten Sie nicht lieber hier draußen warten, Miss?", frage er.

„Nein, ich bin die Assistentin des Inspektors und werde mit hineingehen. Das sind nicht meine ersten Leichen", antwortete sie in ruhigem Ton.

„Gut, dann folgen Sie mir bitte."

Hinter der grauen Tür öffnete sich ein weiterer Flur. Es roch nach einer Mischung aus altem Fisch und verdorbenem Spargel. Mary zog ein, mit Lavendel-Öl getränktes, Taschentuch aus ihrer Handtasche und hielt es sich vor Nase und Mund.

Dr. Hayel bemerkte es und fragte: „Möchten Sie nicht doch lieber auf dem Gang warten?"

„Nein, nein, es geht schon."

Er nickte und öffnete eine der seitlichen Türen. Nun gelangten sie in eine Halle in der sich mehrere Untersuchungstische befanden, die frei im Raum standen, so dass man ganz herumgehen konnte. Entlang der Wände waren zahlreiche Waschbecken installiert und neben einigen der Untersuchungstische standen große Emaille-Schüsseln auf Metall-Gestellen, die auf Rollen bewegt werden konnten.

Hinten im Raum stand ein Mann in einem grauen Kittel, der den Besuch bemerkte und auf sie zukam. Über dem Kittel trug er eine Schürze aus Wachstuch, auf der sich offensichtlich Blut befand und Spuren anderer Substanzen.

Mary hatte ihr Taschentuch beim Betreten des Raums sinken lassen, hob es nun aber wieder an ihr Gesicht.

Dr. Hayel stellte den Mann mit der Schürze als Dr. Grimsby vor. Er habe die Leichen untersucht.

Dieser führte die Besucher zu zwei Tischen auf der anderen Seite des Raums.

„Hier haben wir die beiden Toten aus dem Lake District", sagte er und schlug bei dem ersten Leichnam das Tuch ein wenig zurück, so dass das Gesicht und die Schultern zu sehen waren.

„Ihr Name ist Lady Ellinor, 19 Jahre, Tochter von Lord Tottingham. Todesursache: Ertrinken. Aber -", Dr. Hayel ging nun zu den Füßen der Toten und zog das Laken über den Beinen so weit zurück, dass der Schritt der Toten bedeckt blieb, „schauen Sie hier."

Der Pathologe zeigte auf einen der Fußknöchel, der dunkel verfärbt war und dann auf den rechten Oberschenkel, in dem eine merkwürdig aussehende

Wunde klaffte, vier unterschiedlich lange, parallel verlaufende Schnitte.

„Die Verfärbungen am Knöchel wurden durch Hämatome verursacht. Es wurde also starker Druck ausgeübt und hier…", der Doktor nahm zwei Retraktoren von einem Tisch, führte diese in einen der Schnitte ein und spreizte das Fleisch auseinander.
„Sehen Sie?"
Der Inspektor beugte sich über die Öffnung.
„Bis auf den Knochen! Das ist ungewöhnlich!"
Er wiederholte die Prozedur bei den drei anderen Schnitten.
„Sehen Sie? Hier auch. Wenn sie sich beim Schwimmen irgendwo geritzt hätte, also zum Beispiel an Nägeln einer Planke oder so etwas, wären die Wunden niemals so tief. Schon bei einem oberflächlichen leichten Ritzen, würde es so schmerzen, dass sie sich zurückgezogen hätte. Aber hier sind vier Einschnitte tief bis auf den Knochen erfolgt, so dass ich davon ausgehen muss, dass sie aktiv zugefügt wurden. Und sehen Sie sich die Wundränder an."
Barclay beugte sich wieder hinunter.
„Ausgefranst", sagte er.
„Ja, die Wunden wurden also nicht mit einem scharfen Messer zugefügt. Sie wurden eher gerissen, als geschnitten."
Nun ging der Arzt zu der zweiten Leiche und entfernte auch hier das Laken.

„William Hensley, 30 Jahre, Schmied, war beim Angeln als es passierte. Die Leiche hatte sich in der Angelschnur verfangen und befand sich unterhalb des gekenterten Ruderbootes im Wasser."

Barclay nickte: „Ja, das stand im Polizeibericht."

„Die Todesursache ist Ertrinken und wie bei der Frau, gibt es auch hier Hämatome am Fußgelenk und Schnitte bzw. Risse im Oberschenkel."

„Wie seltsam", sagte Mary, zog ihren Notizblock aus der Handtasche und schrieb etwas auf.

Der Inspektor ging langsam um den Tisch herum und betrachtete den Toten: „Ein kräftiger Bursche, gut gebaut."

„Nun ja, er war Schmied, durch die schwere Arbeit bilden sich starke Muskeln aus", sagte der Pathologe und tippte auf eine der Schultern des Toten.

„Ich frage mich nur, was kann so stark sein, einen solchen Burschen zu überwältigen? Kennt jemand von Ihnen den See?", fragte Barclay.

„Ich! Ich kenne den See", antwortete Mary.

Der Inspektor sah sie überrascht an.

„Sie kennen den See?"

„Chef, sie machen das ja schon wieder."

„Was denn?"

„Das, mit dem Wiederholen."

„Ach ja."

„Ich war zuletzt in meiner Kindheit dort. Meine Großmutter lebte in der Nähe des Sees."

„Ist der sehr groß?"

„Ja. Der größte im gesamten District. Er ist nicht sehr breit, ich würde schätzen, eine knappe Meile, aber recht lang, bestimmt 12 Meilen, er sieht beinahe wie ein Fjord aus, zumindest auf der einen Seite, wo die Berge steil in den See abfallen. Dort ist er auch sehr tief, man sagt, an die 100 Yards."

Alle schauten sich schweigend an.

„Was schwimmt denn da so herum?", fragte der Inspektor.

„Also Haie gibt es da wohl nicht", frotzelte Mary, die einen Scherz ihre Chefs vermutete.

„Nein, nein, ich meine das ganz ernst. Denken sie an Loch Ness. Ich will wissen, welche Viecher da drin herumschwimmen."

„Chef, Sie glauben doch nicht, dass irgendein Tier das gemacht hat?"

„Im Moment weiß ich nicht, was ich glauben soll. Beide sind innerhalb weniger Tage im selben See ertrunken und weisen die gleichen Verletzungen auf."

Mary blickte Dr. Grimsby an.

Der hob beide Hände und sagte: „Also, ich kann Ihnen nur sagen, dass diese Verletzungen von außen gewaltsam zugefügt wurden, aber selbstverständlich kann ich nicht sagen, woher die kommen."

„Miss Abbot, bitte fordern Sie beim Ministerium für Fischerei, die entsprechenden Informationen an", sagte Barclay.

Mary rollte mit den Augen und notierte sich die Anweisung.

„Dr. Grimsby, ich denke wir sind hier fertig. Ich benötige Ihren Bericht, Fotos von den Leichen, Untersuchungsergebnisse, den ganzen Kram. Dann können die Leichen für die Familien freigegeben werden", sagte der Inspektor.

„Ich habe alles fertig und Dr. Hayle ausgehändigt."

Dieser nickte und sagte: „Folgen Sie mir bitte in mein Büro."

Die drei verließen die Pathologie und begaben sich wieder hinauf zu den Lebenden.

„Hier ist alles drin, Fotos, Laborergebnisse und so weiter", Dr. Hayle gab dem Inspektor eine Mappe, „das Institut behält eine Kopie."

Barclay nickte und Mary und er verabschiedete sich.

Auf dem Weg zum Auto fragte sie: „Chef, das mit dem Fisch, meinen Sie doch nicht ernst?"

„Wieso denn nicht? Mir scheint das durchaus realistisch. Glauben Sie denn, ein mordlüsterner Taucher war im See unterwegs und brachte die Leute um?"

Mary überlegte und fand die Möglichkeit nicht so abwegig wie die Fisch-Theorie.

„Außerdem wären wir dann nicht mehr zuständig und könnten nach London zurück", sagte Barclay.

Auf dem Rückweg nach Carlisle studierte der Inspektor konzentriert die Unterlagen der Klinik. Ab und zu murmelte er etwas. Mary fragte nicht nach, denn sie würde die Akten ohnehin selbst durcharbeiten.

Als sie in Carlisle ankamen, sagte der Inspektor: „Miss Abbot, gibt es in dem Kaff, das in der Nähe des Sees liegt, vielleicht ein Gasthaus, in dem wir Station machen könnten? Ich würde lieber vor Ort ermitteln, als ständig von Carlisle zu pendeln."

„Es ist wirklich ein sehr kleiner Ort, aber früher gab es da ein schönes altes Pub, und ich meine mich zu erinnern, dass es auch Zimmer vermietete."

„Gut, dann ist es abgemacht. Wir fahren noch heute. Aber zuerst zu unserem Polizisten. Wir brauchen den Wagen ja noch länger, also müssen wieder Formulare ausgefüllt werden oder sollte ich den Wagen einfach beschlagnahmen?", sagte Barclay und lachte.

Kapitel 5

Als Mary den Wagen am Ortseingangsschild von Tottingham Dale vorbeisteuerte, klopfte ihr das Herz bis zum Hals. Sie war so lange nicht mehr hier gewesen. Ihre Großmutter war 1916 verstorben, da war sie 10 Jahre alt. Der Rest der Familie lebte in London und sie war nie wieder hergekommen.

„Da schauen Sie, das Pub gibt es noch", sagte Mary und deutete auf ein Lokal mit dem Namen `Seaside Inn´. Sie hielt das Auto an und beide stiegen aus.
Der Inspektor reckte und streckte sich.
„Von der Rumfahrerei werde ich noch ganz steif."
Er und Mary nahmen ihr Gepäck und betraten den Schankraum. Das Pub mutete mittelalterlich an. Die Holzbalken, die die niedrige Decke trugen, waren schwarz gestrichen und es hatte dunkelbraune Holzvertäfelungen an den Wänden. Das braune Leder der Bänke, die in kleinen Nischen standen, war abgewetzt und es gab einen großen Kamin, in dem zu dieser Jahreszeit kein Feuer loderte.

„Ich bin Inspektor Barclay und das ist meine Sekretärin Miss Abbot, wir ermitteln bezüglich der beiden Todesfälle im See und benötigen Zimmer."
Der Wirt nickte wissend.
„Sie sind wohl nicht aus der Gegend?"
„Wir kommen aus London, Scotland Yard."
„Oh, ja, eine der Toten ist ja auch die Tochter des Earl."

„Damit hat das gar nichts zu tun."

„Aber womit denn dann? Man ruft doch nicht Scotland Yard hier herauf, nur weil zwei Leute im See ertrunken sind."

„Sie wissen also etwas darüber?"

Der Wirt trat einen Schritt zurück und sagte eilig: „Nur was die Leute hier so erzählen."

„So, so. Und wie stets nun mit den Zimmern?"

„Ach ja, ich gebe Ihnen Nr. 4 und 7 im ersten Stock, beide gehen zum Garten hinaus und Sie haben Blick auf den See, das Bad ist am Ende des Flures", der Wirt kramte in einer Schublade, zog zwei Schlüssel heraus und händigte sie dem Inspektor aus.

Er und Mary stiegen die knarzende Holztreppe hinauf und Barclay reichte Mary ihren Schlüssel.

„Ich würde sagen, wir treffen uns um neun Uhr unten und essen eine Kleinigkeit zusammen. Wäre das für Sie in Ordnung?"

„Ja, Chef, bis nachher."

Mary ging zu Nr. 7 und öffnete die Tür.

Sie fühlte sich müde, warf ihren Hut auf das Bett und stellte ihren Koffer ab. Das Zimmer war im englischen Landhausstil eingerichtet, Blumentapete, Volants am Bett und vor dem Fenster stand eine Vase mit Wildblumen.

Hier gibt es neben dem Wirt, wohl auch eine Frau im Haus, dachte sie, ging zum Fenster, öffnete beide Flügel und lehnte sich hinaus. Sie betrachtete die Landschaft, die in der Dämmerung an ein impressionistisches Gemälde erinnerte.

Wie schön es hier war, seltsam, sie hatte es vergessen. Sie war ein Kind, als sie das letzte Mal hier war. Kinder haben keinen Sinn für schöne Landschaften, sie erinnern sich an tolle Spiele und Kameraden, mit denen man die Gegend „unsicher" machte, aber Sensibilität für die Schönheit der Natur entwickelt man erst später.

Hinter dem Haus befanden sich ein kleiner Bauerngarten und eine Wildblumenwiese.

Weit hinten erhob sich die steile Wand des Molland Gebirges und davor lag der See. Rechts in der Ferne waren die Umrisse des Schlosses zu erkennen. Mary betrachtete es einen Moment, spürte dann jedoch, wie müde sie war. Sie öffnete ihren Koffer, zog einen Wecker heraus und stellte ihn auf Viertel vor neun. Dann warf sie sich auf das Bett und nickte schnell ein.

Das scheppernde Klingeln des Weckers ließ sie hochschrecken. Es war dunkel, nur durch den Spalt unter der Zimmertür fiel ein wenig Licht ins Zimmer. Mary fröstelte. Sie hatte sich nicht zugedeckt und durch das geöffnete Fenster strömte feucht-kalte Abendluft in den Raum. Sie sprang auf, um es zu schließen. Das Schloss war jetzt nur noch durch ein paar Lichtpunkte zu erahnen. Als sie das Fenster geschlossen hatte und noch einen kurzen Blick hinauswarf, fiel ihr ein kleines Licht in der Ferne auf. Es musste unmittelbar vom Ufer kommen.

Wer da wohl wohnt, abseits von allen anderen, dachte sie.

Dann ging sie hinüber zu einer Kommode, wo ein Krug Wasser und eine große Schüssel stand.

Sie goss etwas Wasser in die Schüssel, beugte sich darüber und befeuchtete ihr Gesicht. Sie trocknete sich ab und brachte ihre Haare in Ordnung.

Inspektor Barclay saß in einer der Nischen im Schankraum und nippte an seinem Bier.

„Ah, Miss Abbot, kommen Sie, nehmen sie Platz", Barclay erhob sich und deutete auf die Bank auf der anderen Seite des Tisches.

„Was möchten Sie trinken?"

„Ein Glas Cidre bitte."

„Ok", der Inspektor ging hinüber zur Bar und kam recht schnell mit dem Getränk zurück.

„Danke. Was gibt es hier zu essen?"

„Auf der Tafel hinter der Bar stand etwas von Roastbeef mit Yorkshire Pudding."

„Oh, das klingt gut, nicht wieder nur Sandwiches. Ich dachte mir schon, dass es hier auch eine Wirtin gibt."

In diesem Moment kam der Wirt an den Tisch.

„Wir nehmen zweimal das Tagesgericht", sagte der Inspektor.

„Ich freue mich schon, habe wirklich Hunger. Kocht ihre Frau?", fragte Mary.

„Ja, Ma´m und sie ist eine gute Köchin."

„Bestimmt!"

„Ach, sagen Sie mal. Warum heißt das Pub `Seaside Inn´?", fragte der Inspektor, „das Seeufer ist doch bestimmt eine Viertel Meile entfernt?"

„Diesen Laden gibt es schon seit dem Mittelalter. Hier sehen Sie", er deutete auf einen schweren Balken, der unterhalb der Decke, quer durch den Raum verlief. Dort war 1359 eingeritzt.

„Damals war das Ufer des Sees an dieser Stelle noch viel näher. Es gab hier einen kleinen Zufluss. Aber der brachte aus den umliegenden Mooren so viel Erde mit sich, dass sich das Ufer immer mehr entfernte. Der Fluss ist irgendwann verlandet. Der Name des Pubs ist aber geblieben. Das einzige Haus, das heute noch direkt am Ufer steht, ist eine alte Fischerkate, weiter im Süden des Sees."

„Ich glaube, die habe ich von meinem Fenster aus gesehen. Ein kleiner Lichtpunkt, bestimmt eine Meile entfernt", sagte Mary.

„Ja, ja, das ist die Hütte."

„Aber wer wohnt denn da, so völlig allein und abseits vom Ort? Ein Fischer?"

„Nein, da haust die alte Miss Bell. Sie ist fast 80, wehrt sich aber mit Händen und Füßen in den Ort zu ziehen. Es gibt ein paar Leute hier, die sich um sie kümmern, ihr was zum Essen bringen und so. Meine Frau macht das auch."

„Das ist nett von Ihrer Frau", sagte Mary.

„So, nun schaue ich aber nach dem Essen, sonst bekommen Sie heute nichts mehr."

Als der Wirt weg war, sagte Mary: „Chef, vielleicht sollten wir die alte Frau einmal befragen. Wenn sie am Ufer wohnt, hat sie vielleicht etwas gesehen?"

„Ja, gute Idee und wenn es so ein Monster von Fisch hier gibt, dann weiß sie es bestimmt."

„Aber Chef, sie glauben doch nicht wirklich an ein See-Ungeheuer?"

„Warten wir erst einmal den Bericht vom Fischereiministerium ab und morgen früh fahren wir als erstes zum Schloss und befragen die Familie der Toten."

Kapitel 6

Als der Wagen am nächsten Morgen auf dem knirschenden Kies der Zufahrt des Schlosses zum Stehen kam, öffnete sich die große Haustür und Ruskin trat heraus.

Inspektor Barclay und Mary stiegen aus.

„Nette Hütte", sagte der Inspektor und schaute an dem imposanten Gebäude empor. Dann stellte er sich und Mary vor.

Ruskin deutete eine Verbeugung an und sagte: „Seine Lordschaft erwartet Sie in der Bibliothek, Sir. Wenn Sie mir bitte folgen wollen?"

Sie betraten durch die verglaste Zwischentür die imposante Halle. Die rechte Seite wurde von einem riesigen Kamin beherrscht. Man hatte irgendwann die weite Öffnung der Feuerstelle, in der mehrere Männer hätten bequem aufrecht stehen können, durch eine Metalleinfassung auf ein Maß von etwa eineinhalb Meter Höhe und etwa zwei Meter Breite eingegrenzt. Vor dem Kamin lag ein Teppich von der Größe eines halben Tennisplatzes und darauf befanden sich zwei gegenüber stehende Sofas und diverse Sessel mit dazwischen stehenden Teetischen. Der Teppich und die Sitzgruppe waren für das Verlobungsfest fortgeräumt worden und hatten nun wieder ihren gewohnten Platz eingenommen.

An der linken Seite verlief eine Arkade von sieben Rundbögen. Dahinter befanden sich Türen, von denen einige offen standen. Mary konnte im Vorbeigehen so viel erkennen, dass sich dort offensichtlich Salons befanden. Geradeaus an der Kopfwand der Halle befand sich ebenfalls eine Arkade. Diese bestand aus fünf Bögen. Dahinter erhob sich eine breite Treppe, die in die obere Etage führte. Oben wiederholten sich die Arkaden, deren Bögen den Blick auf einige Gemälde freigaben.

Der Butler führte sie durch einen der Bögen in die Bibliothek.

Lord Tottingham saß auf einem Sofa, das vor einem Kamin platziert war und schaute ins Feuer.

„Die Herrschaften von Scotland Yard sind eingetroffen", sagte Ruskin und blieb neben der Tür stehen.

Der Earl sah auf, erhob sich und ging einige Schritte auf die beiden zu.

„Gut, dass Sie da sind!"

„Ich bin Inspektor Barclay und das ist meine Sekretärin Miss Abbot."

Der Lord würdigte Mary keines Blickes.

„Sie haben meine Tochter gesehen?", fragte er Barclay zugewandt.

„Ja. Der Leichnam ist freigegeben worden. Sie können Ihre Tochter nun bestatten", sagte Barclay.

Der Earl nickte ernst: „Ich bekam heute Morgen einen Anruf vom medizinischen Institut in Newcastle und habe schon alles veranlasst. – Und wie wollen Sie vorgehen? Soll ich nach dem Verlobten meiner Tochter schicken?

Sie werden ihn sicher vernehmen wollen, er war der Letzte, der meine Tochter lebend gesehen hat."

„Ja, das wäre hilfreich."

„Ruskin, bitten Sie, Mr. Bosulow in die Bibliothek zu kommen."

„Ja, Mylord", antwortete der Butler und verschwand.

„Vielleicht können wir schon mal beginnen, während wir auf ihn warten", sagte Barclay.

„Ja, bitte setzten Sie sich."

Lord Tottingham deutete auf ein zweites Sofa, dass am Kamin stand und nahm wieder seinen vorherigen Platz ein.

„Ist es nicht ungewöhnlich, dass Sie mit einer Sekretärin ermitteln?", fragte der Earl, ohne Mary anzusehen.

„Miss Abbot ist eigentlich mehr eine Assistentin, als eine Sekretärin."

Der Earl warf Mary einen kurzen verächtlichen Blick zu.

„Könnten Sie mir einen Überblick bezüglich des besagten Abends geben?", sagte Barclay.

Der Earl berichtete, wie der Abend aus seiner Sicht verlaufen war.

Mary schrieb mit.

Nach einer kurzen Pause fügte er hinzu: „Ach, dass sollte ich Ihnen auf jeden Fall noch sagen. Das Diadem meiner Tochter ist seit dem Abend verschwunden."

„Das ist interessant", sagte Barclay.

Igor Bosulow betrat den Raum und ging langsam auf den Inspektor zu.

Er war bleich wie die Marmorplatte des Beistelltischchens neben dem Sofa.

Barclay befragte ihn und er gab seine Version der Geschehnisse wieder.

Mary notierte die Aussage.

Dann wandte er sich Lord Tottingham zu.

„Und Sie gehen nicht davon aus, dass Lady Ellinor einen Unfall hatte?"

„Nein, meine Tochter war eine ausgezeichnete Schwimmerin, und sie kannte den See. Schon als Kind ist sie vom Bootssteg ins Wasser gesprungen. Sie konnte nie genug bekommen. Es gibt da nichts, woran sie sich hätte verletzten können. Nein, da muss was anderes im Spiel gewesen sein."

„Und Sie sehen das ebenso, Mr. Bosulow?"

„Ja, sie schwamm fröhlich herum, als ich in den Schuppen ging, kein Anzeichen, dass irgendwas nicht stimmte."

Der Inspektor bat Mary, ihm ihren Notizblock zu geben und las konzentriert ihre Aufzeichnungen.

Dann tippte er auf eine Stelle und sagte: „Hier! Mr. Bosulow, Sie sagten, ihre Verlobte habe Ihnen das Diadem gegeben und Sie hätten es auf dem Bootssteg abgelegt. Haben Sie es danach noch einmal gesehen?"

„Nein. Bei dem ganzen Durcheinander an diesem Abend dachte ich überhaupt nicht mehr daran."

„Erst am nächsten Tag wurden wir darauf aufmerksam gemacht, dass es fort war", sagte der Earl.

„Wem ist das Verschwinden aufgefallen?", fragte Barclay.

„Der Kammerzofe meiner Tochter. Sie verwaltet auch den Schmuck."

„Als wir nach Ellinor suchten, waren mehrere Leute auf dem Steg. Jemand ist vielleicht dagegen gestoßen und es fiel in den See", fügte Igor eilig hinzu.

„Und? Lord Tottingham? Haben Sie danach suchen lassen?"

„Ja, ich habe ein paar Diener danach tauchen lassen. Nichts!"

„Schade, es war bestimmt wertvoll", sagte Mary.

„Ja, eines unserer wertvollsten Stücke. Wenn etwas Ruhe eingekehrt ist, werde ich professionelle Taucher aus Newcastle anfordern, die können natürlich intensiver danach suchen."

„Ok, das genügt mir zunächst", sagte Barclay und stand auf.

„Ach, Chef, ich hätte noch eine Frage", meldete sich Mary und der Inspektor nickte ihr zu.

„Mylord, es gibt ja noch einen zweiten Toten, den jungen Schmied. Gibt es zwischen ihm und Ihrer Familie eine Verbindung?"

„Nein!", antwortet der Lord und sah dabei den Inspektor an.

Barclay und Mary erhoben sich.

„Sollte Ihnen noch irgendetwas einfallen, können Sie mich im Sea Side Inn erreichen. Während der Ermittlungen logieren wir dort", sagte Barclay und verabschiedete sich.

An der Tür der Bibliothek fiel ihm noch etwas ein.

Er drehte sich zum Earl um und fragte: „Sie leben doch schon lange hier?"

„Mein ganzes Leben."

„Könnten Sie sich vorstellen, dass ein Raubfisch ihre Tochter umgebracht hat?"

Der Earl zuckte zusammen.

„Mein Gott, was sollte das denn für eine Kreatur sein?"

Er ging zu einem der Fenster und starrte auf den See.

Mary zupfte ihren Chef am Ärmel und deutete auf die Tür.

„Nun ja, war nur mal so ein Gedanke", sagte der Inspektor und verließ mit Mary die Bibliothek.

Kapitel 7

Man konnte nur mit einem Boot, zu Fuß oder mit dem Fahrrad die Hütte am See erreichen. Mary schlenderte entlang der Feuchtwiesen zum Seeufer. Der Weg schlängelte sich hin und her und Erinnerungen bahnten sich in ihrem Geist den Weg. Hier hatte sie als Kind gespielt, wenn sie in den Ferien die Großmutter besuchte. Auch an die Hütte konnte sie sich erinnern, aber nicht an deren Bewohnerin. Sie war gespannt, wen sie dort antreffen würde.

Hinter der nächsten Biegung kam das Haus in Sicht. Es war ein langgestreckter eingeschossiger Bau über den sich ein mächtiges Reetdach erhob, welches das Gemäuer darunter zu erdrücken schien. Die Außenwände waren weiß gekälkt und die Oberfläche war uneben und buckelig. Offensichtlich waren unter der weißen Kalkschicht Bruchsteine verborgen. Ringsum hatte das Haus kleine quadratische Sprossenfenster und mittig an der Längsseite, die dem See zugewandt war, befand sich die Haustür. Ein kleines Dach über der Tür bildete eine Art Veranda und bot dem Eingangsbereich Schutz vor dem Regen, der in dieser Gegend häufig fiel. Links neben der Eingangstür stand eine blau gestrichene Holzbank.

Mary sah sich um. Das Haus war nicht weit vom Ufer entfernt, vielleicht 20 bis 30 Yards. Ein breiter Streifen Schilf, stand wie eine Hecke zwischen dem Land und dem offenen Wasser. Nur ein verwitterter Bootssteg durchschnitt ihn und gab den Blick auf den See frei. Ein altes Ruderboot war dort angebunden und dümpelte vor sich hin. Am gegenüberliegenden Ufer erhob sich die steile Wand des Molland Gebirges und rechts in der Ferne war Molland Castle zu sehen. Vor dem Haus war der Boden sandig, aber fest. Das Gelände, um das Haus herum, wirkte verwildert. Mary fand Gefallen daran. Hier durften Wildblumen wachsen und in einiger Entfernung standen ein paar mächtige Eichen.

Sie näherte sich der Haustür, die aus schwerer englischer Eiche gefertigt war und an der ein eiserner Türklopfer in Form eines gebogenen Fisches hing. Er wirkte antik. Unterhalb des Klopfers war ein kleines Messingschild angebracht, auf dem „Rosamund Bell" zu lesen war. Neben der Haustür hatte jemand in großen geschwungenen Lettern „Bluebell House" auf die Fassade gemalt.

Mary betätigte den Türklopfer.

Zunächst geschah nichts. Sie wartet, schließlich wohnte hier eine alte Frau, die nicht so schnell an die Tür kommen konnte. Dann griff sie erneut nach dem Klopfer, als unvermittelt die Tür aufgerissen wurde.

Mary erschrak.

Eine kleine hagere Frau, sah sie mit kalten stahlblauen Augen an.

„Guten Tag, mein Name ist Mary Abbot."

„Ich kenne Sie nicht! Was wollen Sie hier?"

Das kann ja heiter werden, dachte Mary und zeigte ihren Ausweis.

„Sind Sie Rosamund Bell?"

„Das wissen Sie doch sicher!"

„Der Wirt des Pubs hatte gesagt, dass hier eine Miss Bell wohnt, aber da ich nicht weiß, wie sie aussieht, muss ich fragen."

„Sie haben sie gefunden!"

Die alte Frau betrachtete den Ausweis: „Was will Scotland Yard in dieser Gegend?"

„Es geht um die beiden Toten im See."

„Die sind doch ertrunken!"

„Genau darüber möchte ich mit Ihnen sprechen. Darf ich hineinkommen?"

Die alte Frau zögerte, nickte und trat einen Schritt zurück. Mary ging hinein. Draußen war heller Sonnenschein und es dauerte einen Moment, bis sich Marys Augen an das Dunkel im Inneren des Hauses gewöhnt hatten.

Sie schaute sich um. Es gab keinen Vorraum oder Flur, man stand direkt im Wohnzimmer, der sich über die gesamte rechte Seite des Erdgeschosses erstreckte, so dass die Fenster ringsum verliefen. Aber sie ließen nur wenig Licht in den Raum, die dicke Außenwand des Hauses und das überhängende Dach, schnitten das Tageslicht ab. Außerdem wuchsen vor den rückwärtigen und seitlichen Fenstern hohe Stauden, so dass das Licht im Raum grünlich eingefärbt schien.

An einer Wand gab es einen großen Kamin mit einem alten Sessel davor. Auf dem Kaminsims waren zahlreiche Bücher aufgestapelt und als Mary sich weiter im Raum umsah, bemerkte sie, dass überall Bücher herumlagen.

Mittig im Haus befand sich eine schmale steile Treppe, die in das Dachgeschoss führte und im linken Teil des Erdgeschosses sah man in eine große Küche mit einem Esstisch in der Mitte. Er war aus grobem Holz gefertigt und drumherum standen vier alte Stühle.

„Setzen Sie sich", sagte Rosamund und deutete in Richtung der Küche.

„Ich mache uns Tee."

Mary setzte sich mit dem Rücken zum Fenster, das dem See zugewandt war und konnte den ganzen Raum überblicken. Die Küche wirkte, als ob sie schon vor 100 Jahren so ausgesehen hätte. Ein riesiger Herd, der mit Holz befeuert wurde, Regale auf denen Kupfertöpfe standen, altes bemaltes Porzellan, Steinkrüge. Es gab offensichtlich keinen Strom. Über dem Tisch hing eine Öllampe und auch auf dem Fenstersims und dem Küchenschrank standen Öllampen. Es war recht warm in der Küche, da im Ofen ein Feuer brannte.

Rosamund nahm einen großen Wasserkrug und füllte einen Kessel, den sie auf den Herd stellte.

„Fließend Wasser haben Sie wohl nicht?", fragte Mary.

„Neben dem Haus ist ein Brunnen", erwiderte die alte Frau, ohne Mary dabei anzusehen.

„Ist es Ihnen hier nicht zu einsam und umständlich? Im Ort hätten Sie es sicherlich bequemer."

Rosamund antwortete nicht.

Während sie Tassen und Zucker auf den Tisch stellte, bemerkte Mary, dass die Alte ihr immer wieder kurze Blicke zuwarf, die nichts Gutes verhießen und sie überlegte, ob sie von dem Tee trinken sollte. Vielleicht lieber abwarten, bis ihre Gastgeberin selbst davon trank. Irgendetwas hatte diese Frau zu verbergen, das spürte Mary ganz deutlich.

Als der Tee fertig war, setzte sich Rosamund ihr gegenüber und fixierte sie mit ihren kalten Augen.

„Man sagte mir, Sie waren Lehrerin hier im Ort?"

„Vierzig Jahre lang."

„Welche Fächer haben Sie unterrichtet?"

„Hier gibt es nur eine Dorfschule. Man unterrichtet alles, Schreiben, Lesen, Rechnen, ein wenig Erdkunde und englische Geschichte."

„Gab es ein Fach, das Sie besonders gern unterrichteten?"

„Englische Geschichte."

„Ach, dafür habe ich mich auch immer begeistern können. Königin Elizabeth und Maria Stewart, König Artus."

Rosamund blickte auf.

„Da haben Sie aber in der Schule nicht gut aufgepasst. König Artus ist eine Legende und passt eher in die englische Literatur, als in die englische Geschichte."

Mary spürte, dass sie rot wurde. Ihre Gastgeberin hatte schon mehrmals an ihrem Tee genippt, so dass sie sich nun auch traute, ihn zu probieren. Er schmeckte seltsam und sie verzog das Gesicht.

„Was ist das für eine Sorte?"

„Das ist Kräutertee, Kindchen! Den mache ich selbst. Sie müssen Zucker hineingeben, dann schmeckt er gut." Rosamund schob einen großen Steintopf über den Tisch.

„Ach so", sagte Mary und füllte zwei Teelöffel Zucker in das Getränk.

Während sie in ihrem Tee herumrührte, sah sie sich weiter im Raum um. Erst jetzt fiel ihr auf, dass von der Decke zahlreiche Bündel verschiedener Gräser zum Trocknen herabhingen.

Rosamund bemerkte Marys Blick und sagte: „Hier in der Gegend gibt es unzählige Kräuter und Gewächse. Es regnet oft und hier wächst alles."

„Dann sind Sie eine Kräuterhex… Fachfrau?"

Die alte Frau sah Mary einen Moment lang an.

„Sagen Sie es nur – eine Kräuterhexe. So nennen mich alle im Ort. Ich habe nichts dagegen und bin sogar stolz darauf."

„Aber es klingt wenig respektvoll."

„Über mangelnden Respekt kann ich mich nicht beklagen. Die haben doch alle bei mir die Schulbank gedrückt."

Sie machte eine Bewegung mit der Hand, als ob sie eine Wespe vor ihrem Gesicht vertreiben wollte.

„Die Kunst der Kräuterheilkunde liegt bei mir in der Familie", erklärte sie und der Hauch eines Lächelns husche über ihr Gesicht.

„Auch in meiner Familie gab es Frauen, die diese Kunst beherrschten", sagte Mary, „meine Großmutter zum Beispiel. Sie wohnte hier in der Gegend, ist aber schon lange tot."

Rosamund horchte auf.

„Wer war sie?"

„Elsie Abbot, also Elizabeth Abbot."

„Elizabeth Abbot?"

„Ja."

„Ich kannte sie. Sie war eine entfernte Cousine von mir."

„Dann sind wir ja verwandt! Die Welt ist wirklich klein!"

Erneut huschte ein Lächeln über das Gesicht der alten Frau.

„Miss Bell, lassen Sie uns nun über die beiden Toten vom See sprechen."

Sofort erstarb das Lächeln in Rosamunds Gesicht.

Sie stand auf, ging zum Herd und griff nach dem Kessel. Dann kehrte sie zum Tisch zurück und goss etwas heißes Wasser in die Teekanne.

„Ich weiß nichts darüber!"

Sie stellte den Kessel zurück und nahm wieder am Tisch Platz.

„Aber Sie sagten, Sie wüssten, dass die Beiden ertrunken seien."

„So sagt man im Dorf."

„Kannten Sie sie?"

„William Hensley ja, er war bei mir im Unterreicht, ein ungehobelter Bursche, ich hatte immer Probleme mit ihm. Die Lady kannte ich nicht persönlich. Die ging auf irgendein vornehmes Internat und war nur in den Ferien im Schloss. Ins Dorf oder hierher kam die nie. Sowas mischt sich nicht unter das Volk."

„Wie meinen Sie das?"

„Nun, sie muss ein ziemlich hochnäsiges Ding gewesen sein, wie man so hört. Hat die Bediensteten im Schloss immer schlecht behandelt, vor allem Brandon."

„Brandon?"

„Brandon Fox, den Gärtner."

„Was ist das für ein Mensch?"

„Er ist das, was man gemeinhin als zurückgeblieben bezeichnen würde."

„Sie meinen, er ist geistig behindert?"

„Ja, sowas in der Art. Seine Mutter war Hausmädchen im Schloss und starb kurz nach seiner Geburt. Der Vater wurde nie benannt. Aber man munkelt, dass es der Lord sein könnte, da er das Kind bei den Bediensteten im Schloss aufwachsen ließ. In der Schule war er nicht und ein richtiger Gärtner ist er auch nicht. Seine Lordschaft lässt den Park von Fachleuten pflegen, aber Brandon darf mithelfen, den Kies fegen, Unkraut entfernen, leichte Arbeiten, die jeder machen kann."

„Sie sagten, Sie hätten gehört, dass die Toten im See ertrunken seien. Glauben Sie das auch?"

Die alte Frau zögerte.

„Was ich glaube ist unerheblich, Kindchen. Finden Sie es heraus, Sie sind doch von Scotland Yard. Die Leute da sollen ja ganz gut sein."

„Laut Untersuchungsbericht sind beide ertrunken, das stimmt, aber sie haben Verletzungen, die darauf hindeuten, dass da jemand oder etwas nachgeholfen hat."

„Was meinen Sie mit `etwas´?"

Mary Abbot bemerkte eine leichte Erregung in Rosamunds Gesicht.

„Nun, mein Chef glaubt, es könnte ein Raubfisch oder sowas gewesen sein. Gibt es so etwas im See?"

Rosamund schien erleichtert: „Nun, der See ist lang und auf der anderen Seite, wo die Felswand verläuft, sehr tief, wer weiß, was da so rumschwimmt?"

„Aber, haben Sie mal von so einem Ungetier gehört? Gibt es eine Legende, wie die von Loch Ness zum Beispiel?"

„Nicht, dass ich wüsste!"

Mary stand auf.

„Nun ja, ich denke, das war es erst einmal für heute. Der Inspektor und ich wohnen im Pub. Wenn Ihnen noch etwas einfallen sollte, das mir weiterhelfen kann, würde ich mich sehr freuen."

Die alte Frau erhob sich.

„Ich bringe Sie zur Tür."

Als Mary vom düsteren Inneren des Hauses nach draußen kam, wurde sie vom grellen Sonnenlicht geblendet. Sie kramte in ihrer Handtasche nach ihrer Sonnenbrille. Als sie sie aufsetzte, fiel ihr die aufgemalte Aufschrift an der Hauswand in den Blick.

„Warum heißt das Gebäude, `Bluebell House`?"

„Ich habe es so genannt. Einerseits enthält die Bezeichnung meinen Namen, andererseits blühen hier im Frühjahr unzählige Hasenglöckchen, die man auch Bluebells nennt. Ein ganzer Teppich davon umrahmt dann das Haus und dahinten unter den Eichen stehen dann auch noch tausende. Nun ist es zu heiß geworden und sie sind fort. Aber im nächsten Frühjahr werden sie wieder da sein."

„Ach, das stelle ich mir wunderschön vor, ich mag diese Glockenblumen sehr. In Kent habe ich einmal in einem Wald viele gesehen. Sehr schön."

Mary verabschiedete sich.

Rosamund sah ihr nach.

Als sie beinahe die Biegung des Weges erreicht hatte, rief Rosamund ihr nach: „Gehen Sie in der Dunkelheit nicht in die Nähe des Sees!"

Mary blieb abrupt stehen und sah sich um, aber die alte Frau hatte die Haustür bereits geschlossen.

Langsam ging sie zum Dorf zurück.

Was um Himmels Willen, sollte diese Warnung bedeuten?

Gab es doch etwas im See, das man fürchten musste?

Sie beschloss, in den nächsten Tagen die alte Frau erneut aufzusuchen. Sie hatte ihr nicht alles erzählt.

Kapitel 8

Als Mary das Pub erreichte, fand sie ihren Chef im Schankraum vor. Er war in einige Papiere vertieft.

„Hallo Chef", begrüßte sie ihn und er sah auf.

„Ah, Miss Abbot. Der Bericht des Fischerei-Ministeriums ist da."

Er hob die Papiere in die Luft und wedelte damit herum.

„Und? Was steht da?"

„Also, es gibt in diesem See allerlei Getier, vor allem Welse und Hechte. Welse können sehr groß werden, haben aber keine Zähne, die große Verletzungen hervorrufen können, aber Hechte sind Raubfische!"

„Sie glauben immer noch an die Monster-Theorie?"

„Nun, stellen Sie sich einen fünf Yards langen Hecht vor. Der könnte ziemlich gefährlich sein."

„Fünf Yards?"

„Es könnte eine Mutation sein."

Mary schüttelte ungläubig den Kopf.

„Sie waren heute noch mal im Schloss. Gab es da nichts Neues?"

„Die Ankunft des Sohnes wird morgen erwartet. Er lebt in Kanada und kommt zur Beerdigung. Seine Lordschaft deutete an, dass das Verhältnis zwischen ihnen nicht besonders eng sei. Es gab wohl ein Zerwürfnis. Leute im Ort sagten, dass der junge Viscount seinen Vater für den Tod seiner Mutter verantwortlich macht. Deshalb ging er fort und wurde angeblich aus dem Testament gestrichen."

„Das ist zumindest interessant. Woran ist die Mutter gestorben?"

„Man sagt, an Herzversagen."

„Wenn also der Sohn aus dem Testament entfernt wurde, hätte dann die älteste Tochter, also die Verstorbene, alles bekommen?"

„Das habe ich nicht erfragt. Da gibt es ja noch eine jüngere Schwester."

„Ein Motiv wäre es schon, die Erbin aus dem Weg zu räumen", sagte Mary.

„Ja, da haben sie recht. Der Sache sollten wir nachgehen."

Der nächste Tag verlief ohne neue Erkenntnisse. Man befragte weiterhin die Leute im Ort und vor allem das Umfeld des toten Schmieds. Aber nichts ergab einen Grund für einen Mord. Ebenso konnte keine Verbindung zu dem anderen Opfer gefunden werden.

Am darauffolgenden Tag fand die Beerdigung von Lady Ellinor statt. Einige enge Verwandte waren angereist. Die Lady wurde in der Familiengruft beigesetzt, die sich auf dem Gelände des Schlosses weit hinten im Park nahe der Felswand befand. Schon viele Generationen der Tottinghams ruhten hier. Die ältesten Leichen stammten aus dem 15. Jahrhundert. Hier wurden die Earls, deren Ehefrauen und unverheiratete Kinder bestattet.

Inspektor Barclay und Mary beobachteten die Trauergesellschaft aus angemessener Entfernung, als diese die Gruft in Richtung Schloss verließen.

Der Earl bemerkte die beiden und kam zu ihnen hinüber.

„Inspektor, gibt es etwas Neues?"

„Leider nicht, Mylord. Es lässt sich keine Verbindung zwischen den beiden Toten finden. Auch an der Motivlage hapert es. Der Schmied war ein unauffälliger Kerl, hat wohl getrunken und sich auch mal geprügelt, aber einen Grund für dessen Ermordung ließ sich bis jetzt nicht finden."

„Und Ihre Tochter hatte doch auch keine Feinde, oder?", mischte sich Mary ein.

Der Earl warf ihr einen abschätzigen Blick zu, sah den Inspektor an und sagte: „Nein!"

„Wir wollen Sie jetzt nicht weiter stören", sagte Barclay „Wir kommen morgen noch einmal her? Ich möchte dann mit ihrem Sohn sprechen."

„Ja, aber er wird Ihnen sicher auch nichts Neues sagen können. Vielleicht war es doch ein Unglücksfall…"

„Wir kommen morgen gegen 10 Uhr wieder."

Die beiden verabschiedeten sich.

Lord Tottingham blieb noch einen Moment stehen und sah zum Portal der Gruft. Dann ging er zum Schloss, wo ein Trauer-Lunch serviert wurde.

Kapitel 9

„Der Viscount ist im Wintergarten. Ich führe Sie hin", sagte Ruskin und ging dem Inspektor und Mary voraus.

Jeremy Tottingham saß in einem Korbstuhl und las im Daily Telegraph.

„Inspektor Barclay und Miss Abbot", kündigte Ruskin den Besuch an.

Jeremy legte die Zeitung beiseite.

„Ich habe Sie erwartet. Mein Vater erwähnte, dass Sie kommen würden."

„Mein Beileid zum Verlust Ihrer Schwester", sagte Mary.

Der Viscount nickte kurz und deutete auf zwei Sessel, wo Barclay und Mary Platz nahmen.

„Kann ich Ihnen einen Kaffee oder Tee bringen lassen?", fragte Jeremy, aber beide winkten ab.

Mary betrachtete den Raum und sagte: „Ein schöner Wintergarten!"

„Ja. Aufgrund des steilen Gebirges entlang des Sees, bilden sich Abwinde und es wird schnell ungemütlich auf der Terrasse. So ein Wintergarten bietet einen geschützten Ort."

„Aber Sie leben nicht in diesem schönen Schloss?", fragte Mary.

„Nein."

„Nun, Sie haben ja ihre Kindheit und Jugend hier verbracht", sagte der Inspektor, „kannten Sie den verstorbenen William Hensley?"

„Nein, ich bin ihm niemals begegnet."

„Und wie standen Sie zu ihrer Schwester?"

Jeremy zögerte einen Moment und starrte ins Leere.

Dann sagte er: „Meine Schwester Ellinor war Vaters Liebling, meine jüngere Schwester und ich existierten für ihn nicht. Ellinor hatte denselben verschlagenen Charakter wie er, berechnend und kaltherzig."

„Sir, das klingt, als ob Sie sich nicht besonders nahe standen", sagte Mary.

„Ja, ich gebe es zu, dass sich meine Trauer in Grenzen hält. Und ich muss Ihnen noch etwas sagen. Sie bekommen es sowieso heraus. Ich bin nicht aus Kanada angereist. Kanada ist schon lange Vergangenheit. Ich lebe seit Jahren in Manchester und arbeite dort für eine Versicherung."

„Und Ihr Vater weiß nichts davon?", fragte Barclay.

„Wir reden nicht miteinander."

„Aber warum sind Sie zur Beerdigung gekommen, wenn Ihnen weder an Ihrem Vater noch an der Verstorbenen etwas liegt?", fragte Mary.

„Die Familienzwistigkeiten gehen die Öffentlichkeit nichts an. Man muss den Schein wahren. Es hätte zu viele Fragen aufgeworfen, wenn ich dem Begräbnis ferngeblieben wäre. Außerdem gibt es da noch Susan. Sie nimmt das alles sehr mit, und ich wollte ihr beistehen. Sie ist übrigens die Einzige, die weiß, dass ich in Manchester lebe."

„Sir, ich muss Sie das fragen", sagte Barclay, „Was haben Sie am Abend der Verlobung Ihrer Schwester gemacht?"

„Nichts Besonderes. Ich war lange im Büro und bin dann nach Hause gefahren."

„Sie leben allein?", fragte Mary.

„Ja."

„Kann irgendjemand bestätigen, dass Sie sich am fraglichen Abend in ihrer Wohnung aufhielten?", fragte der Inspektor.

„Ich fürchte nein."

Barclay sah zu Mary, stand auf und sagte: „Das wäre erst einmal alles für heute. Werden Sie noch einige Tage hier sein?"

„Ja, das ist möglich."

„Gut", sagte der Inspektor und ging mit Mary zum Ausgang. Dort drehte er sich noch einmal um und fragte: „Ach, noch was. Wie kam es zum Zerwürfnis zwischen Ihnen und Ihrem Vater?"

„Er hat meine Mutter umgebracht."

„Wie meinen Sie das?"

„Fragen Sie meinen Vater. Mehr habe ich dazu nicht zu sagen."

Er griff nach der Zeitung und vergrub sich dahinter.

In der Halle begegneten die beiden dem Butler.

„Wissen Sie, wo wir seine Lordschaft finden können?",
fragte der Inspektor.

„Ja, Sir. Er ist in der Bibliothek. Ich melde Sie an."

Er wandte sich ab, kam jedoch schnell zurück.

„Seine Lordschaft lässt bitten."

Der Inspektor und Mary betraten die Bibliothek. Lord
Tottingham sah Barclay erwartungsvoll an.

„Ich hätte da noch eine Frage, Sir."

„Ja, natürlich, fragen Sie."

„Ihr Sohn hat etwas seltsames gesagt."

Der Earl lachte verächtlich, ging hinüber zur Anrichte
und goss sich einen Whiskey ein.

„Mein Sohn redet immer Unsinn. Ich habe nie viel von
ihm gehalten. Er ist ein Träumer."

„Er sagte, Sie hätten ihre Frau umgebracht."

Der Earl zögerte einen Moment und wurde ernst.

„Ja, das sagt er immer wieder. Natürlich habe ich es
nicht getan. Meine Frau hat sich erhängt. Aber das darf
nicht bekannt werden, es wäre ein Skandal. Ich hatte
seinerzeit mit dem Arzt vereinbart, dass man ein
Herzversagen bekannt geben würde."

„Sie hat sich erhängt?", wiederholte Mary, „wie
furchtbar! Aber warum denn?"

Der Graf sah sie wütend an.

„Das geht Sie gar nichts an!"

Mary erschrak über die rüde Reaktion.

„Nun ja", lenkte der Inspektor ein, „der Tod Ihrer Frau
steht nicht in Zusammenhang mit unserem Fall. Wir

werden Sie da nicht weiter behelligen. Kommen Sie, Miss Abbot."

Er drehte sich um und Mary folgte ihm.

Draußen vor dem Schloss sagte Mary: „Aber es könnte doch wichtig sein. Vielleicht gibt es ein Detail in der Sache, das uns weiterhilft."

„Nein, das glaube ich nicht."

Die beiden stiegen in das Auto und fuhren zum Dorf zurück.

Kapitel 10

Der Inspektor saß an seinem Arbeitstisch im Gemeinschaftsraum des Pubs und war in einige Papiere vertieft, als Sergeant Pallam ins Zimmer stürmte.

Barclay hatte den Raum, der normalerweise für Versammlungen oder Festivitäten genutzt wurde, in Beschlag genommen und eine Art Kommissariat eingerichtet. In der Mitte des Raums waren Tische zu einem Konferenztisch zusammengeschoben worden. Der Inspektor nutzte einen einzeln stehenden Tisch am Fenster mit einem Telefonapparat darauf, als seinen persönlichen Schreibtisch.

An den Wänden befanden sich niedrige Schränke. Dort gab es weitere Telefone und an der Stirnwand befand sich ein riesiger Lageplan des Sees und der Umgebung. Die Fundorte und Namen der Opfer waren dort mit kleinen Fähnchen, die man in das Papier steckte, vermerkt worden.

Mary hatte sich an einer Ecke des Konferenztisches einen Arbeitsplatz eingerichtet und eine Schreibmaschine aufgestellt, die sie sich aus London hatte kommen lassen. Auch einige Kollegen des Scotland Yard waren aus London zur Verstärkung des Teams angereist und brachten Instrumente und sonstiges Material mit, das für die Ermittlungen hilfreich war.

Das Pub war nun eine Zweigstelle von Scotland Yard geworden. Bis auf die beiden Dorfpolizisten Pallam und Neal, die im Ort ihr Zuhause hatten, wohnten alle

Polizisten im Gasthof. Dem Wirt gefiel es, denn selten, konnte er so viele Zimmer vermieten.

„Inspektor, es gibt ein neues Opfer", rief Pallam.
„Was? Noch eine Leiche?", rief Barclay.
„Es ist John Twait, hier aus dem Dorf. Er hat am unteren Ende des Sees, wo die Moore beginnen, an der Uferböschung Torf gestochen. Ist dann wohl ins Wasser gezerrt worden. Es gibt Schleifspuren. Er hat auch wieder diese seltsame Verletzung, diesmal befindet sie sich am Rücken. Er ist anscheinend auch ertrunken. Man hat ihn am Ufer treibend gefunden."
„Ist er noch dort?"
„Ja, die Männer sichern den Fundort."
„Ok, fahren Sie uns dorthin. Kommen Sie, Miss Abbot."
Mary griff nach ihrem Mantel und ihrer Handtasche und folgte Barclay eilig zum Wagen.

Als sie die Fundstelle erreichten, hatte man den Leichnam aus dem Wasser gezogen und am Ufer abgelegt. Einige Männer standen in einem Halbkreis drumherum und Barclay, Pallam und Mary gingen hinüber.

„Kannten Sie ihn?", fragte Barclay Sergeant Pallam.
„Ja, aber wir waren nicht befreundet. Er lebte vom Torfstechen, das heißt, er verkaufte das Zeug hier in der Gegend als Heizmaterial."

Der Inspektor ging um die Leiche herum, kniete sich ein paar Mal hin und schaute sich den Toten genau an, ohne ihn zu berühren.

Mary hielt ihren Notizblock in Händen und schrieb.

„OK, wo ist, ihrer Meinung nach, der Tatort?", fragte Barclay.

„Dahinten an der Böschung. Er ist anscheinend bis hierher gespült worden."

Der Inspektor nickte und sagte: „Ihr könnt ihn wegbringen."

Zwei Männer, die im Hintergrund an einem Van standen, kamen mit einer Bare, legten den Torfstecher darauf ab und brachten ihn zum Fahrzeug.

„Bringen Sie ihn nach New Castle in die Gerichtsmedizin."

„Ja, Sir", sagte einer der Männer und stieg ein.

Als der Wagen fort war, ging der Inspektor mit Sergeant Pallam zum vermuteten Tatort. Mary folgte ihnen. Einige Polizisten schirmten den Platz ab, um die Schaulustigen, welche nach und nach aus dem Dorf kamen, daran zu hindern, den Bereich zu zertrampeln.

Barclay betrachtete die Spuren im Schlamm.

Gut, dass es nicht geregnet hat, dachte er, so ist alles unverändert. Zwischen einem Spaten, der noch im Torf steckte und der Spülkante des Sees, waren Schleifspuren zu erkennen.

Plötzlich runzelte der Inspektor die Stirn und hockte sich hin.

„Was sind denn das für Fußspuren hier? Da ist doch jemand herumgelaufen. Haben Sie den Fundort nicht ordentlich gesichert?"

„Doch Sir. Die Spuren waren schon da. Vielleicht sind sie von den beiden Frauen, die die Leiche gefunden haben?"

„Aber warum sollten die von der Leiche hier herüberlaufen? Was haben die Frauen hier eigentlich gemacht?"

„Sie sagten, dass sie Schilf geschnitten hätten. Das machen die hier unten am See häufig und dabei haben sie den Mann gefunden."

Inspektor Barclay betrachtete die Spuren genauer.

„Diese Tritte sind seltsam, vorn einzelne längliche Vertiefungen, hinten ist eine Große und dazwischen längliche Abdrücke. Es scheint kein Abdruck eines menschlichen Fußes zu sein, aber eventuell von einem Schuh. Mich würde interessieren, welche Schuhe eine solche Sohle haben. Sowas gibt es bestimmt nicht oft. Lassen Sie Gipsabdrücke davon machen."

„Ja, Sir."

„Und Fotografieren sie alles."

„Ja, Sir."

Am späten Nachmittag waren die Fotos entwickelt und die Gips-Abdrücke angefertigt worden. Die Fotos hatte man an einer Wand des Besprechungsraums aufgehängt und die Gips-Modelle lagen auf dem Konferenztisch. Barclay betrachtete zunächst eingehend die Fotos und ging dann zum Tisch hinüber.

Mary saß an ihrer Ecke und las in der Times.

„Man wird langsam aufmerksam auf uns, also auf die Morde hier", sagte sie.

Der Inspektor sah auf, runzelte die Stirn und wandte sich den Abdrücken zu. Er nahm einen in die Hand und betrachtete ihn.

„Miss Abbot, haben Sie sich diese Dinger hier schon angesehen?"

„Ja, Chef."

„Was halten Sie davon? Sie sind doch eine Frau und verstehen etwas von Schuhen."

Marys Augenbrauen hoben sich und sie sah von ihrer Lektüre auf.

„Also, ehrlich gesagt, habe ich noch keine Schuhe gesehen, die eine solche Sohle haben. Vielleicht sind es besondere Arbeitsschuhe, und da kenne ich mich nicht aus!", sagte sie.

Der Inspektor sah zu ihr hinüber.

„Sie könnten recht haben, Bergarbeiterschuhe oder sowas. Dieses Relief muss doch für irgendwas gut sein."

Plötzlich fiel das Licht der Abendsonne in den Raum und das Stück Gips in Barclays Hand wirkte völlig anders. Er erschrak, legte den Abdruck hastig auf den Tisch und trat einen Schritt zurück. Alle im Raum sahen zu ihm hinüber. Mary stand auf.

„Was ist denn, Chef?"

„Sehen Sie! Sehen Sie doch!"

Mary nahm den Gipsabdruck hoch und prüfte ihn, dann sah sie ihren Chef fragend an.

„Aber sehen Sie das denn nicht? Das ist der Fußabdruck eines Reptils."

Er zeigte auf einige Stellen des Abdrucks.

„Hier hinten, die Hacke, dann die langgestreckten Sehnen und vorn die Krallen."

Mary rollte mit den Augen.

„Aber Chef, Sie denken immer noch, dass da ein Seeungeheuer sein Unwesen treibt?"

„Ich denke, Sie halten den Beweis in den Händen!"

Sie schaute sich daraufhin das Stück noch einmal genauer an.

„Wir sollten die Abdrücke nach London zum Naturhistorischen Museum schicken. Die können sicherlich eine Expertise anfertigen", sagte Mary.

„Ja, das ist eine gute Idee. Wenn ich recht habe, dann sind hier Jäger gefragt, nicht Scotland Yard und wir können endlich nach London zurückkehren."

Mary lächelte. Sie war noch nicht von der Monster-Theorie überzeugt.

Am Mittag des nächsten Tages kam ein Anruf aus dem gerichtsmedizinischen Institut. Die Todesursache des Torfstechers war Ertrinken und die Wunde am Rücken, wurde offensichtlich von derselben Waffe zugefügt, wie bei den anderen Opfern. Was genau die Verletzung verursacht hat, konnte man erneut nicht bestimmen.

„Was könnte die Risse verursacht haben?", überlegte der Inspektor laut, der an seinem Schreibtisch saß und mit seinem Stuhl wippte.

Mary sah auf.

„Diese Frage steht doch schon seit dem ersten Opfer im Raum", sagte sie.

„Ich bleibe bei meinem Verdacht, dass es eine Kralle war."

Mary Abbot rollte mit den Augen und kommentierte die Aussage nicht.

Plötzlich klingelte das Telefon und sie fuhr vor Schreck zusammen.

„Was haben Sie denn?", fragte Barclay und lachte, „Angst vor dem Monster?"

Er hob den Hörer ab und Mary sah ihn erwartungsvoll an.

„Gut, dass Sie sich so schnell melden. Wir treten hier auf der Stelle und sind für jeden Hinweis dankbar."

Er verdeckte mit seiner Hand die Sprechmuschel des Hörers und flüsterte Mary zu: „Es ist das Naturhistorische Museum."

Sie stand auf und ging zu ihrem Chef hinüber.

„Ach, das ist ja interessant", sagte Barclay, „aber Sie sind sich nicht sicher?"

Barclay nickte und gab ab und zu ein „mm" oder „ich verstehe" von sich. Dann legte er mit einem Lächeln auf.

„Da haben wir es, Miss Abbot. Meine Theorie ist nicht ganz so abwegig, wie Sie meinen. Die Leute vom Museum sagten, dass die Abdrücke durchaus von einer Echse oder sogar von einem Saurier sein könnten."

„Von einem Saurier?"

„Ja, ich habe nicht alles verstanden. Der Typ sagte, dass die meisten Saurier eher wie Vögel waren und nur drei Zehen gehabt hätten, aber da die Forschung hier noch nicht sehr weit ist, wäre nicht auszuschließen, dass es auch Varianten gab, die fünf Zehen gehabt hätten, so wie die Warane. Das sind Echsen. Von denen gibt es auch sehr große Exemplare. Aber die Abdrücke von Waranen wären nicht so schmal und lang, wie die, die wir hier gefunden haben. Er sagte noch, dass es nicht auszuschließen sei, dass es ein Art Mischung zwischen Saurier und Waran gewesen sein könnte. Er denkt natürlich die Abdrücke würden von einem Fossil stammen. Ich kann schlecht herumerzählen, dass hier im See ein mutierter Saurier lebt und Leute tötet."

„Aber Chef, das macht für mich keinen Sinn. Ich weiß nicht viel über Dinosaurier, nur so viel, wie man im Schulunterricht erfuhr. Aber wenn ich mich richtig erinnere, gab es, Fleisch- und Pflanzenfresser. Die Pflanzenfresser sollen harmlos gewesen sein, aber die anderen, waren Jäger und hätten die Opfer doch sicherlich gefressen und nicht nur getötet."

Der Inspektor runzelte die Stirn und überlegte einen Moment.

Dann sagte er ungehalten: „Ach, was weiß ich denn! Irgendwas oder irgendjemand ist da draußen und bringt Leute um, und ich will endlich wissen, wer oder was das ist, und wenn es ein Dinosaurier ist, solls mir recht sein."

Plötzlich wurde die Tür aufgerissen und Sergeant Neal betrat atemlos den Raum.

„Noch ein Opfer!"

„Was? Schon wieder? Wer?", rief Barclay.

„Diesmal hat es den Verwalter des Schlosses erwischt, Howard Clifton."

„Das kann doch wohl nicht wahr sein. Wo ist die Leiche?"

„Im Bootshaus am Anleger des Dorfes. Ein Fischerboot kam vom morgendlichen Fang zurück und die Männer sahen das leere Ruderboot. Als sie es am Kutter festmachen wollten, bemerkten sie einen leblosen Körper, der nicht weit davon im Wasser trieb und sie zogen ihn an Bord. Dann brachten sie den Leichnam her."

„Haben Sie ihn gesehen?"

„Ja."

„Und hat er…?"

„Ja, auch er hat die Signatur des Mörders. Diesmal hat es die Hüfte erwischt."

Der Inspektor schlug mit der Hand auf den Tisch und alle fuhren zusammen.

„Verdammt noch mal! Was ist hier los?"

Er sprang auf und lief auf und ab.

Dann ging er zu seinem Schreibtisch, griff nach einem Blatt Papier und wedelte damit in der Luft herum.

„Hier! London wird schon unruhig. Die Presse hat Wind von der Sache bekommen und wird hier bestimmt bald einschwärmen. Mich wundert nur, dass sich Downing Street noch nicht gemeldet hat."

Er warf das Blatt auf den Tisch.

„Ich glaube Downing Street ist nicht verärgert. Wir haben die Schlagzeilen über den König und diese Amerikanerin von den Titelseiten verdrängt", sagte Mary und hielt die Times hoch.

Barclay brummte etwas Unverständliches.

Dann griff er nach Mantel und Hut und sagte: „Wir brauchen Ergebnisse!"

Mary und Sergeant Neal folgten ihm zum Wagen.

Im Hafen inspizierten sie die Leiche. Der Tote wurde, wie alle anderen Opfer, zur Untersuchung nach Newcastle gebracht.

Da das Opfer der Verwalter des Schlosses war, fuhren sie erneut dorthin.

Kapitel 11

Inspektor Barclay befragte den Butler und einige Diener, Mary hörte sich in der Schlossküche und bei den Zimmermädchen um.

Die Köchin sagte: „Er ist heute ganz früh zum Angeln auf den See gerudert. Ich hatte ihn darum gebeten, da ich frischen Fisch für das Dinner brauchte."
„Und er ist wie der Schmied dabei umgebracht worden", sagte Mary.
„Ach, ich mache mir solche Vorwürfe", sagte die Köchin und begann zu weinen.
„Aber Sie können nun wirklich nichts dafür", versuchte Mary die Köchin zu trösten.

Barclay, Mary und Sergeant Neal trafen sich in der Halle und tauschten ihre Erkenntnisse aus.

„Es gibt nach wie vor keine heiße Spur", sagte Barclay, „nur so viel, dass alle Opfer im oder in der Nähe des Sees ermordet wurden. Wir müssen eine Warnung herausgeben, dass sich ab sofort niemand dem See nähern darf."
„Das wird schwierig", sagte Neal, „die Leute hier angeln oder fischen ständig im See. Fisch ist Teil der Nahrungsgrundlage. Die Leute werden protestieren! Hier gibt es nicht viel, womit man Geld verdienen könnte. Der See ist auch Erwerbsquelle."

„Machen Sie es, wie ich gesagt habe! Ich kann keine weiteren Opfer riskieren!"

„Ja, Sir."

„Und wieder hat niemand etwas Ungewöhnliches bemerkt", sagte Barclay und ging nach draußen.

Seit Tagen hatte es nicht geregnet. Der Himmel war stahlblau und das Sonnenlicht ließ die Blumenpracht im Schlosspark leuchten.

Der Inspektor ging ein paar Schritte vor dem Eingangsportal umher und sah in den Himmel.

„Bei diesem Wetter ist es recht schön hier. Man könnte bestimmt einen ruhigen Urlaub verbringen, wenn da nicht die Morde wären."

„Leider ist das Wetter in dieser Gegend nicht beständig. Der Sonnenschein in den letzten Tagen ist ungewöhnlich", sagte Mary.

Barclay bemerkte einen Mann, der am Rand eines Beetes hockte und in der Erde buddelte. Es war Brandon. Neben ihm auf dem Kies stand eine Kiste mit Lavendel aus Frankreich, der darauf wartete ins Bett gesetzt zu werden.

Der Inspektor ging hinüber und sah Brandon einen Moment lang zu.

Plötzlich zuckte Barclay zusammen, als hätte ihn ein Stromschlag getroffen.

„Schauen Sie, Miss Abbot, schauen Sie!"

Mary eilte zu ihrem Chef und sah, wie Brandon mit einer Handharke die Erde durchpflügte.

„Sehen Sie doch!", wiederholte Barclay. „Es war die ganze Zeit vor unseren Augen. Was bin ich für ein Dummkopf gewesen!"

„Aber was denn?", fragte Mary.

Der Inspektor trat einen Schritt vor und riss Brandon die Harke aus der Hand. Sergeant Neal, der in der Halle telefonierte und die Szene durch ein Fenster beobachtet hatte, kam herbeigelaufen.

Brandon schaute mit leerem Blick in die Gesichter der Personen, die um ihn herumstanden.

„Sehen Sie!", rief der Inspektor erneut und deutete auf die vier Spuren, die Brandon mit dem Gartenwerkzeug in der Erde hinterlassen hatte.

„Schauen Sie, hier haben wir das Tatwerkzeug!"

Alle sahen sich die Harke an. Sie hatte einen Griff aus Holz, auf dem ein Stempel eingebrannt war, den man kaum mehr erkennen konnte. Der Holzstiel fasste eine Metallstange ein. Diese verzweigte sich in der Verlängerung zu vier gebogenen Metallstäben, welche am Ende spitz zuliefen und recht scharf waren. Das Werkzeug sah tatsächlich wie eine Kralle aus.

„Sie meinen, damit hat man den Opfern die Wunden beigebracht?", fragte Mary.

„Das lässt sich durch die Gerichtsmedizin sicherlich feststellen."

Der Inspektor gab Sergeant Neal das Werkzeug und sagte: „Hier, schicken Sie das gut verpackt nach

Newcastle, aber berühren sie nicht die Spitzen, vielleicht ist noch etwas Blut von den Opfern daran."

Mary verzog angewidert das Gesicht.

Der Sergeant nahm das Teil mit spitzen Fingern entgegen und brachte es zum Auto, wo er es in einen Beutel steckte.

Brandon erhob sich und stammelte: „Aber das gehört mir, ich brauche es, geben Sie es mir zurück."

„Sie werden jetzt erst mal mitkommen", sagte Barclay und gab dem Sergeant ein Zeichen. Dieser packte den verwirrten Brandon an den Armen, zerrten ihn zum Auto und legte ihm Handschellen an. Dann schob er ihn in den hinteren Teil des Wagens.

Brandon wirkte verstört und sagte nichts.

„Hah!", rief der Inspektor aus. „Der Hofnarr war es also!"

„Nennen Sie ihn nicht so, Chef. Das gehört sich nicht", protestierte Mary.

Barclay wirkte betroffen.

„Sie haben Recht. Tut mir leid, ist mir so rausgerutscht." Er schaute zum Schloss und sagte: „Nun werden wir uns mal das Zimmer von dem Burschen ansehen."

In der Halle rief er dem Butler zu: „Wo ist das Zimmer von diesem Brandon?"

Lord Tottingham, der oben auf der Galerie stand, hörte die Frage: „Was wollen Sie denn von Brandon?"

„Ich habe ihn eben verhaftet. Er steht im Verdacht für die Morde verantwortlich zu sein."

Der Earl wurde kreidebleich und sagte: „Aber das kann nicht sein! Er ist völlig harmlos! Ich komme runter!"

Er rannte die große Treppe hinab und lief auf den Inspektor zu.

„Brandon kann es nicht gewesen sein! Er ist wie ein Kind!"

„Ich muss das Zimmer von ihm durchsuchen, wo ist es?"

„Kommen Sie, ich zeige es Ihnen", sagte der Earl, „aber ich sage Ihnen, dass Sie auf der falschen Spur sind."

Lord Tottingham ging voraus. Barclay, Mary und der Butler folgten ihm. Die Gruppe musste durch einige Korridore und Türen gehen, dann betraten sie ein schmuckloses Treppenhaus und stiegen ins Dachgeschoss hinauf. Brandon wohnte dort bei der Dienerschaft.

Ruskin öffnete eine Tür. Die Kammer machte einen unordentlichen und schmuddeligen Eindruck. Überall lag etwas herum. Das Bett war schon länger nicht bezogen worden, die Luft war zum Schneiden dick. Mary hielt sich eines ihrer Lavendel-Taschentücher vor Mund und Nase.

Der Earl schien über den Zustand des Raums verwundert zu sein.

„Ich war länger nicht mehr hier oben", sagte er.

Er wandte sich um und rief im Flur nach einem Diener.

„Öffnen Sie das Fenster da oben!"

Der Diener zog einen Schemel heran und hantierte an dem Dachfenster, bis dieses aufsprang und eine frische Brise in den Raum strömte.

„Das ist schon besser", sagte der Earl und machte dem Diener ein Zeichen, dass er draußen warten soll.

Der Inspektor zog sich Handschuhe an und durchsuchte den Raum. Mary beobachtete ihn. Zunächst war nichts zu finden, das mit den Morden in Verbindung gebracht werden konnte, aber dann zog er einen alten schmutzigen Karton hervor, der weit hinten, unter der Pritsche verborgen war.

Die Anwesenden betrachteten erwartungsvoll den ominösen Karton. Vorsichtig hob Barclay den Deckel an. Mary fragte sich, was Brandon darin aufbewahrte, vielleicht war es eine verweste Kröte oder ein toter Vogel.

Als der Deckel entfernt war, starrten alle auf den Inhalt.

„Aber das ist das Diadem! Das Diadem, das meine Tochter an jenem Abend getragen hatte."

Der Earl nahm es heraus und betrachtete es.

„Es ist unversehrt."

„Da haben wir also noch einen Beweis!", sagte Barclay.

Lord Tottingham schüttelte den Kopf und sagte leise: „Aber das kann doch nicht sein."

„Nun ja", sagte Barclay, „dieser Brandon ist ja nicht ganz richtig im Oberstübchen. Bei solchen Leuten weiß man nie, wozu sie fähig sind."

„Das weiß man bei niemandem", warf Mary ein.

„Aber Brandon ist wirklich ganz harmlos. Er hat meiner jüngeren Tochter einmal das Leben gerettet. Er ist ein guter Schwimmer, wissen Sie. Susan war vier und fiel vom Bootssteg in den See. Brandon hat sie herausgeholt."

„Er ist also ein guter Schwimmer, sagen Sie?", wiederholte Barclay.

Lord Tottingham wurde bewusst, dass er unbeabsichtigt noch einen Hinweis auf Brandons mögliche Schuld geliefert hatte.

„Ich habe gehört, dass ihre Tochter, also die Ältere, Brandon nicht mochte und ihn schlecht behandelt hatte", sagte Mary.

„Wer hat Ihnen das erzählt?", rief der Earl aufgebracht.

„Ach, ich weiß nicht mehr. Ich habe so viele Leute hier im Ort befragt", log Mary.

Der Earl sah einen Moment auf das Diadem in seinen Händen und sagte: „Nun, ja. Ellinor konnte ihn tatsächlich nicht leiden. Sie sagte, er würde sie überall hin verfolgen. Mehrmals bat sie mich, ihn in einer Anstalt einsperren zu lassen."

Er schwieg einen Moment.

„Vielleicht hätten Sie das tun sollen", sagte Barclay.

Lord Tottingham sah den Inspektor an.

„Wo ist Brandon?"

„Er wird verhört. Aber ins Gefängnis kommt er wohl nicht, man wird ihn sicherlich in eine Klinik einweisen."

Lord Tottingham nickte.

Barclay streckte die Hand aus und sagte: „Das Diadem benötige ich für die Ermittlungen. Ich verspreche, dass es gut verwahrt wird. Sie erhalten es zurück, wenn die Beweisaufnahme beendet ist."

„Ja, das versstehe ich", sagte der Earl und übergab ihm das Schmuckstück, welches Barclay wiederum Mary überreichte.

„In Ihren zarten Händen ist es besser aufgehoben", sagte der Inspektor.

Mary nahm es vorsichtig, zog einen Seidenschal aus ihrer Handtasche und hüllte den wertvollen Gegenstand darin ein.

Kapitel 12

Als Mary das Pub betrat, kam der Wirt auf sie zu und sagte: „Die alte Miss Bell will Sie sprechen, sie wartet am Anleger auf Sie."

„Ach ja? Gut, ich gehe gleich hin."

Rosamund saß auf einer Bank und blickte über den See. Sie wusste, was er verbarg.

Mary, die den Anleger erreicht hatte, blieb einen Moment hinter der alten Frau stehen und betrachtete die hagere Gestalt in ihrem verschlissenen Mantel. Neben ihr lag eine große Tasche. Sie war aus festem Leinen und die Stickereien darauf waren abgeschabt, an einzelnen Stellen hingen Fäden heraus. Sie hatte diese Tasche sicher schon ihr halbes Leben, dachte Mary. Ihr langes schlohweißes Haar war im Nacken zu einem Knoten gebunden, doch die leichte Brise, die am Ufer des Sees immer in Bewegung war, hatte einige Strähnen herausgezogen, die um ihren Kopf herumtanzten. Mary dachte, dass sie in diesem Moment tatsächlich wie eine Hexe aussah, zumindest so, wie man sich eine Hexe als Kind vorgestellt hatte und wie sie in Kinderbüchern dargestellt wurden.

Sie verdrängte den Gedanken und trat näher an Rosamund heran.

„Da sind Sie ja Kindchen, setzen Sie sich."

Mary setzte sich neben die alte Frau und sah sie erwartungsvoll an.

„Ich hörte, dass Sie Brandon verhaftet haben."

„Ja, es gibt Anhaltspunkte, dass er etwas mit den Morden zu tun haben könnte, und man hat das verschwundene Diadem bei ihm gefunden."

„Haben Sie ihn dazu schon befragt?"

„Ja."

„Und, was hat er gesagt?"

„Er sagte, dass er es auf dem Bootssteg hat liegen sehen und an sich genommen hätte, weil es so schön glitzerte."

„Weil es so schön glitzerte", wiederholte Rosamund.

„Diese Antwort müsste Ihnen doch klar machen, dass er wie ein Kind ist."

„Der Inspektor und ich wissen, dass er geistig behindert ist, aber das ist kein Beweis für seine Unschuld. Höchstens für seine Schuldunfähigkeit. Aber er könnte es gewesen sein. Er ist kräftig und wenn er es getan hat, dann war es ihm wahrscheinlich nicht bewusst, was er da gemacht hat. Man wird ihm nichts antun. Er wird sicherlich in der psychiatrischen Anstalt bleiben, in die man ihn zunächst einmal gebracht hat."

„Welchen Grund hätte er haben sollen, außer der Lady, auch noch die Anderen umzubringen?"

„Das wissen wir noch nicht. Die Befragungen haben erst begonnen."

„Aber er ist unschuldig."

„Miss Bell, woher wollen Sie das wissen?"

Rosamund schwieg und sah wieder auf den See hinaus. Nach einer Weile sagte sie: „Suchen Sie nach der Verbindung."

„Welcher Verbindung?"

„Die Verbindung zwischen den Opfern."

„Wir haben jeden hier befragt, das Dorf ist nicht besonders groß. Außer, dass alle Opfer in der Gegend wohnhaft waren, gibt es keine Verbindung."

„Aber, das ist doch schon mal was", sagte Rosamund und kramte in ihrer Tasche.

Sie zog eine alte Kladde heraus und legte sie auf Marys Schoß.

„Das ist eine Jubiläumsschrift. Sie ist mehr als zwanzig Jahre alt und wurde anlässlich der 500-Jahr Feier des Dorfes herausgebracht. Ich hatte mir damals eine gekauft und sie aufgehoben. Schauen Sie hinein und gehen Sie in der Zeit zurück."

Mary blätterte ein wenig in dem Heft.

„Wenn Sie etwas wissen, warum sagen Sie es nicht einfach, statt mir Rätsel aufzugeben."

Da keine Antwort kam, blickte sie auf, aber die alte Frau war fort. Erschreckt sah Mary sich um. Rosamund war nirgends zu sehen.

Wieso hatte sie nicht bemerkte, dass sie aufgestanden und fortgegangen war? Die Frau hatte sich regelrecht aufgelöst.

Mary zweifelte langsam an ihrem Verstand.

Die letzten Tage waren anstrengend. Sie rieb sich ihr Gesicht. Müde betrachtete sie den See.

Es gab nun einen Tatverdächtigen. Vielleicht wäre es gut, die Sache jetzt ruhen zu lassen. Endlich zurück nach London, weg von hier.

Sie blätterte noch einmal im Heft. Ein Teil war dem Schloss und seinen Bewohnern gewidmet, im restlichen Teil ging es um das Dorf. Es gab eine Liste der Familien, die schon seit der Zeit der Gründung des Ortes hier lebten. Mary fielen einige der Namen auf, Hensley, Twait, Clifton und natürlich die Tottinghams. Alle Opfer entstammten Familien, die seit Jahrhunderten hier ansässig waren. Gehen Sie in der Zeit zurück, hatte die alte Frau gesagt. Aber was würde das zur Aufklärung der Morde helfen?
Sie packte das Heft in ihre Tasche und ging zum Pub zurück.

Als sie den Besprechungsraum im Pub betrat, rief ihr Inspektor Barclay entgegen: „Der Richter in Carlisle hat Anklage gegen Brandon erhoben. Die Beweise sind ausreichend. Es gibt noch eine Aussage von diesem Igor Bosulow, sie erinnern sich, der Verlobte des ersten Opfers. Er sagte, dass er am Abend des Mordes, als er zum Fest kam, mit Ellinor vor dem Eingang stand und dass sich Brandon da herumgetrieben habe. Er hat wohl in einem Gebüsch gehockt und die Lady habe gesagt, dass sie Angst vor ihm hätte. Sie hätte ihn sogar mit Steinen beworfen, damit er verschwindet."
„Hat Mister Bosulow gesehen, dass es Brandon war?"

„Nein, aber die Lady sei sich sicher gewesen."

„Aber es könnte auch jemand oder etwas anderes gewesen sein?"

„*Etwas* anderes? Ich war gerade mit der Monster-Theorie fertig und nun fangen Sie wieder damit an, Miss Abbot."

„Und?"

„Ja, wenn man es genau betrachtet, könnte es auch jemand oder was anderes gewesen sein."

„Also haben wir nur eine Vermutung."

Barclay verzog das Gesicht.

„Sie wissen noch nicht alles. Die Gerichtsmedizin hat angerufen. Man konnte zwar keine Blutspuren an dem Werkzeug finden, aber die Abstände zwischen den Spitzen passen ungefähr zu den Wundmustern."

„Ungefähr?"

„Da die Leichen im Wasser gelegen haben, war das Gewebe aufgeweicht und geschwollen. Ein eins-zu-eins Abgleich war da nicht mehr möglich."

„Dennoch bin ich mir nicht sicher, ob der Fall damit schon abgeschlossen ist", sagte Mary und dachte an Rosamund. „Es ist doch merkwürdig, dass Brandon die Gartenharke zum Tauchen in den See mitgenommen haben soll."

„Wieso? Taucher haben doch immer irgendwelche Waffen dabei, eine Harpune oder ein Messer, das sie am Unterschenkel befestigen."

„Aber eine Gartenharke?"

„Es ist das Werkzeug, das er ständig in Händen hält. Er könnte es in die Körper geschlagen haben, um sie hinunter zu ziehen. So wie es Metzger machen, die Haken in die aufgehängten Schweinehälften schlagen, um sie zu transportieren."

Mary verzog das Gesicht.

Barclay sah sie einen Moment lang an und sagte: „Miss Abbot, Sie wollen doch auch nach London zurück, nicht wahr? Also sollten wir die Sache hier nicht länger hinauszögern als unbedingt notwendig."

Mary überlegte.

„Nehmen wir also an, dieser Brandon saß im Gebüsch und bekam einen Stein an den Kopf, so dass er einen Hass auf die Lady hatte. Aber warum sollte er die anderen töten?"

„Als wir ihn auf die Leute ansprachen, erzählte er freimütig, was die mit ihm gemacht haben. Hensley und Twait waren in ihrer Jugendzeit berüchtigt. Das wussten wir ja schon von den Leuten hier im Dorf. Sie haben allerlei Unfug getrieben und hatten es vor allem immer wieder auf den einfältigen Brandon abgesehen. Sobald sie ihn erwischten, haben sie ihn verprügelt. Einfach so, nur weil er so ist, wie er ist. Einmal wurde er von ihnen in einen Schuppen eingesperrt und erst nach Tagen gefunden. Auch der Verwalter des Schlosses hatte offensichtlich Vergnügen daran, ihn zu gängeln. Er war ziemlich rüde mit ihm. Das wurde von der Dienerschaft bestätigt."

„Und nun brach es aus ihm heraus, meinen Sie?"

„Ja. Wer weiß schon, was in so einem kranken Hirn vor sich geht."

„Aber er gilt als völlig harmlos. Er ist nur ein wenig zurückgeblieben, er hat das Gemüt eines Kindes."

„Ach, was weiß ich! Er mag im Kopf wie kein Kleinkind sein, aber er hat den Körper und die Kraft eines erwachsenen Mannes und ist dringend tatverdächtig. Nun sind die Juristen dran. Auf uns warten andere Fälle in London. Ich denke, wir können morgen alles zusammenpacken."

Mary sah sich im Raum um, hier hatte sich so einiges angesammelt. Überall lagen Papiere mit Aussagen und Berichten herum, die geordnet werden mussten. Viel Arbeit wartete auf sie.

„Ach, übrigens", sagte Barclay, „London hat sich gemeldet. Die sind froh, dass wir nun einen Tatverdächtigen haben. Die Presse dreht langsam durch, die wollen alle herkommen. Das fehlt gerade noch, dass hier hunderte von Journalisten herumlaufen."

„Chef, ich bin sehr müde und werde mich zurückziehen", sagte Mary.

Sie ging hinauf in ihr Zimmer und vertiefte sich in das Heft, das Rosamund ihr gab. Sie las es von vorn bis hinten durch.

`Gehen sie in der Zeit zurück´, hatte sie gesagt. Der Name Clifton tauchte in der Vergangenheit wiederholt bei der Benennung der Dorfrichter auf. Hatte Rosamund das gemeint?

Mary war zu müde, um weiter darüber nachzugrübeln. Sie legte sich auf ihr Bett, döste ein wenig und schlief ein.

Kapitel 13

Am Abend desselben Tages stand Lord Tottingham allein am Bootshaus und blickte über den See. Der Mond zeigte sich in voller Pracht und spiegelte sich im Wasser. Lichtfetzen tanzten mit der Bewegung der kleinen Wellen.

Er hielt ein Glas Whisky in der Hand und nippte ab und zu daran. Oben vom Schloss waren Stimmen zu hören. Die Familie saß in der Bibliothek beim Aperitif und wartete auf das Signal für das Dinner.

Ein helles Lachen erklang und der Earl blickte zu den erleuchteten Fenstern hinauf. Wer mag da gelacht haben? Ihm war nicht danach. Es wird wohl Liza gewesen sein. Sie war Igors Freundin, bevor er sich Ellinor zuwandte. Nun da sie nicht mehr da war, kamen sich die beiden wieder näher. Liza profitierte von Ellinors Tod, dachte er. Hat sie etwas mit der Ermordung zu tun? Er wandte sich wieder dem See zu und ihm wurde bewusst, dass das völliger Unsinn war. Liza befand sich mit allen anderen in der großen Halle, als es geschah. Er ging ein paar Schritte bis zum Ende des Bootsstegs. Die Abwinde, die von der steilen Felswand herabfielen, ließen ihn frösteln. Noch einmal nippte er an seinem Whisky.

Plötzlich glaubte er, eine Bewegung neben sich wahrzunehmen und drehte sich um. Im selben Moment packte ihn etwas am Knöchel und riss ihn vom Steg herunter. Das Glas fiel ihm aus der Hand, aber es zersprang nicht auf dem Holz des Steges, sondern rollte bis zu einer Planke und kreiselte dort, bis es sich beruhigte.

Das Wasser schlug ihm über dem Kopf zusammen und er rutschte in die Tiefe. Instinktiv versuchte er, wieder an die Wasseroberfläche zu kommen. Sein Abendanzug saugte sich voll und er spürte das Gewicht an seinem Körper. Doch es gelang ihm mit aller Kraft, die Oberfläche wieder zu erreichen. Er rang nach Luft, hustete, röchelte, rief nach Hilfe. Dann spürte er einen heftigen Schmerz an der Seite und schrie auf. Doch er wurde im Schrei von etwas hinabgezerrt. Er schnappte nach Luft und bekam Wasser in die Lunge. Alles in seinem Körper verkrampfte sich, er röchelte, wollte atmen und wurde immer tiefer gezogen. Panische Angst erfüllte ihn. Er kämpfte, versuchte sich von dem, was an ihm zog, loszumachen. Er schlug um sich. In seinen Ohren setzte ein lautes Rauschen ein und ein stechender Schmerz erfüllte seinen Kopf. Er spürte deutlich, wie sein Herz aufhörte zu schlagen und einen Moment lang, war es, als ob alles Licht um ihn herum gelöscht wurde. Dann war es vorbei.

Susan, die die Stimme ihres Vaters gehört hatte, kam auf die Terrasse geeilt und fand diese leer vor. Sie lief zur Brüstung und schaute hinab zum Steg.

„Papa, hast Du gerufen?"
Stille.

Sie stieg die Treppe hinab, um nachzusehen, ob er im Bootshaus war. Niemand hielt sich dort auf. Sie wollte wieder hinaufgehen, als sie ein Glitzern wahrnahm und nachschaute. Es war das Whisky-Glas. Sie hob es auf und rief wiederholt nach ihrem Vater.

Die anderen in der Bibliothek kamen hinaus und schauten von der Terrasse aus, zu Susan hinab.

„Was ist los?", rief Jeremy.

„Papa ist verschwunden."

Eilig liefen alle die Treppe zum Bootssteg hinab und standen einen Moment herum.

Jeremy war der erste, der wieder einen klaren Kopf bekam.

„Wir brauchen Lampen", sagte er und Igor kehrte zur Terrasse zurück. Dort stand Ruskin und wies einige Diener an, Lampen zu besorgen.

„Liza", sagte Jeremy, „geh hinauf. Du und Igor durchsucht das Schloss. Ich bleibe erst einmal hier bei Susan."

„OK", sagte Liza und rannte die Treppe hoch. Zwei Diener kamen herunter und hielten Lampen in den Händen. Jeremy und Susan nahmen sich eine.

„Suchen Sie den gesamten Rand des Stegs ab", sagte Jeremy den Dienern. „Leuchten Sie auch ins Wasser."

Er griff Susan an den Oberarm und sagte: „Wir werden das Bootshaus absuchen".

Susan nickte und ihr liefen Tränen über die Wangen.

Jeder Winkel des Bootshauses und des Segelbootes wurde abgesucht. Immer wieder wurde Lord Tottinghams Name gerufen. Aber es kam keine Antwort. Jeremy wischte sich mit dem Hemdsärmel den Schweiß aus den Augen und sah Susan an. Oben an der Brüstung erschienen Liza und Igor.

„Er ist nirgends zu finden. Die Dienerschaft hat seine Lordschaft nicht mehr gesehen, nachdem er auf die Terrasse ging", rief Igor.

„Wir müssen die Polizei verständigen", sagte Jeremy und schaute Susan an, die völlig aufgelöst war.

Beide liefen zum Schloss hinauf.

10 Minuten nach dem Anruf im Pub, traf Barclay mit Sergeant Neal und zwei weiteren Polizisten ein. Vom See her hörte man Motorengeräusche. Zwei Boote kamen vom Anleger des Ortes herübergefahren.

Alle Männer begaben sich zum Bootssteg. Liza und Susan blieben oben auf der Terrasse und sahen dem Treiben zu.

Barclay stand am Ende des Stegs, wedelte mit seiner Lampe hin und her und rief: „Kommen Sie hierher."

Die Boote kamen näher. Ein größeres Fischerboot und ein kleines Boot mit Außenbord-Motor. In beiden Booten saßen Männer aus dem Ort und Polizisten.

Der Inspektor rief ihnen zu: „Sie suchen den See dahinten ab und Sie, hier in der Nähe des Schlosses."

Beide Boote drehten ab.

Alle auf dem Steg leuchteten noch einmal jeden Winkel aus.

Plötzlich schrie jemand: „Da!"

„Was ist los, Sergeant? Haben Sie etwas gefunden?",
rief Barclay.

„Hier ist etwas, Sir", rief der Sergeant, der ganz am Ende
des Stegs stand. Sofort liefen alle Anwesenden dorthin.
Der Inspektor und Sergeant Neal leuchteten hinunter zur
Wasseroberfläche.

Etwas Helles ragte unter dem Bootssteg hervor, es war
eine Hand. Unwillkürlich wichen sie zurück.

„Ich glaube, wir haben seine Lordschaft gefunden",
sagte Barclay und dem Sergeanten zugewandt: „Los,
holen Sie ihn da heraus."

„Nein, Sir, auf keinen Fall steige ich in diesen See."

Der Inspektor sah ihn einen Moment lang an und sagte:
„Ja, Sie haben recht, würde ich auch nicht. Vom Boot
aus müsste es auch gehen."

Er gab dem kleinen Boot, das vor dem Schloss hin und
her kreuzte, ein Zeichen, indem er die Lampe schwenkte.

„Kommen Sie hierher, wir haben ihn gefunden."

Das Boot kam näher und der Inspektor deutete auf die
Stelle im Wasser, wo die Hand aufgetaucht war. Zwei
Männer beugten sich über den Rand des Bootes und
angelten nach der Hand.

„Ich habe ihn!", rief einer der beiden.

„Zieht ihn heraus!", rief Barclay.

Der Mann zerrte an der Leiche, bekam sie aber nicht frei.
Der zweite Mann griff nun auch zu und zog heftig.

„Er muss sich verhakt haben oder etwas hängt an ihm dran", rief einer und beide ließen erschreckt die Leiche wieder los. Das Boot schwankte hin und her.

„Passt auf, dass ihr nicht kentert!", rief der Inspektor.

„Gebt mir eine von den Stangen."

Barclay nahm einem der Männer die Stange aus der Hand, mit der er den Rand des Steges abgesucht hatte.

„Los Leute, ich versuche von der anderen Seite die Leiche anzuschieben. Sergeant, helfen sie mir."

Die beiden Männer knieten sich an den Rand des Stegs und stocherten im Wasser herum.

„Da ist was, ein Widerstand", sagte Barclay, „wir stoßen jetzt dagegen und ihr versucht auf der anderen Seite an dem Mann zu ziehen. Ich zähle bis drei: eins, zwei, drei, jetzt!"

Die Männer zogen kräftig an dem Arm des Leichnams und bekamen ihn frei.

„Wir haben ihn, Sir!"

Barclay und Sergeant Neal kamen wieder auf die Beine und klopften sich die Kleidung ab.

Der leblose Körper wurde ins Boot gezogen.

Es war der Earl.

Susan, die oben von der Terrasse aus, mit angesehen hatte, dass ein Mann aus dem Wasser gezogen wurde, schrie: „Papa! Papa!"

Sie rannte die Treppe hinab.

Jeremy fing sie ab und hielt sie am Fuße der Treppe fest.

Man brachte den Earl zum Bootshaus und legte ihn auf dem Boden ab.

„Schauen Sie, Sir!", sagte Sergeant Neal.

Der Anzug des Toten war an der Seite von der Schulter bis zur Hüfte aufgerissen.

Der Inspektor hob vorsichtig den Stoff an. Eine klaffende Wunde wurde sichtbar.

„Kein schöner Anblick. Würde mich nicht wundern, wenn die Wunden dieselben Eigenschaften aufweisen, wie die bei den anderen Opfern."

Sergeant Neal nahm eines der großen Handtücher aus dem Regal des Bootshauses und bedeckte damit den Körper des Toten.

„Bringt ihn nach oben", sagte Barclay.

Kapitel 14

Mary erwachte und schaute auf die Uhr. Es war kurz nach acht, draußen war es dunkel geworden. Sie hörte Stimmen. Im Haus war Unruhe, irgendetwas war geschehen. Sie stand auf und ging hinunter.

Der Schankraum des Pubs war voller Menschen aus dem Ort. Alle redeten aufgeregt durcheinander.

Der Besprechungsraum war leer.

„Was ist denn geschehen?", fragte sie den Wirt.

„Seine Lordschaft wurde ermordet!"

„WAS?"

„Ja, vor ca. einer Stunde muss es passiert sein."

Mary sortierte ihre Gedanken. Nun auch der Earl? Aber Brandon konnte es nicht gewesen sein, und Rosamund wusste, wer der Mörder war.

Eine unheimliche Wut überkam sie. Wieder ein Opfer und diese alte Frau wusste etwas. Nun war es genug.

„Geben Sie mir bitte einen doppelten Gin", sagte sie.

Der Wirt stutzte, goss ihr das Getränk ein und schob den Drink kommentarlos über den Tresen.

Mary stürzte ihn in einem Zug hinunter und rannte die Treppe zu ihrem Zimmer hinauf. Sie würde Rosamund unverzüglich zur Rede stellen. Keine weiteren Rätsel mehr! Wenn sie nicht reden wollte, dann würde sie sie schon dazu bringen, notfalls würde sie ihr Beugehaft androhen. So ging es jedenfalls nicht weiter. Sie warf sich ihren Mantel über, nahm ihre Handtasche und stürmte die Treppe hinunter.

Sie holte sich eine Taschenlampe aus dem Besprechungsraum und lief in die Nacht hinaus.

Als sie dem Ufer des Sees näher kam, spürte sie Streifen von warmer und kalter Luft, die sich abwechselten. Rosamunds Hütte kam in Sicht. Es brannte Licht.

Plötzlich hörte Mary ein Rascheln, das aus dem Schilf am Seeufer kam.

Sie erschrak, blieb einen Moment stehen und leuchtete mit der Lampe in die Richtung des Geräusches. Mit der freien Hand versuchte sie ihren kleinen Revolver, den sie als Mitarbeiterin von Scotland Yard immer bei sich trug, aus ihrer Handtasche zu ziehen. Sie fingerte in der Tasche herum und fluchte: „Verdammt, warum hab ich nicht so ein Holster, wie die Männer, dann hätte ich ihn schon."

Für einen Moment schaute sie in die Tasche, als sie einen Stoß bekam und hinfiel. Die Lampe fiel ihr aus der Hand und rollte ein Stück weg. Mary drehte sich um und nahm im Mondlicht, eine Gestalt war.

Sie stieß einen Schrei aus und sprang auf. Sie war jung und durchtrainiert. Auch Assistentinnen mussten bei Scotland Yard regelmäßig in die Polizeisporthalle. Das Wesen folgte ihr und erwischte sie am Oberschenkel, doch Mary rannte einfach weiter, sie hatte die Hausecke beinahe erreicht.

Rosamund saß bei einer Tasse Tee in der Küche, als sie den Schrei hörte.

Sie stützte sich auf der Tischplatte ab und drückte sich hoch. Die alten Knochen wollten nicht mehr so funktionieren wie früher. Sie nahm die Laterne vom Tisch und humpelte, so schnell, wie es ihr möglich war, zur Tür. Sie ahnte, was vor sich ging, riss die Haustür auf und trat hinaus. Sie sah, wie Mary auf sie zustürzte. Gefolgt von dem Geschöpf, das sie einholte und am Hals packte. Es drückte sie gegen die Hauswand.

„Nein – nicht!", schrie Rosamund, „Sie ist eine Bell! Sie ist eine Bell!"

Das Wesen drückte nicht weiter zu und blickte die alte Frau aus den Höhlen des Totenschädels an.

„Sie ist eine Bell!", wiederholte Rosamund und die Kreatur wandte sich wieder seinem Opfer zu.

Mary bibberte am ganzen Leib, ihr Herz raste und sie hielt ihre Augen fest geschlossen. Sie atmete nicht, sie hechelte.

Das Geschöpf hielt sie immer noch fest am Hals gepackt. Es beugte sich vor und kam mit seinem Schädel nah an Marys Gesicht. Die frei liegenden Zähne berührten kalt ihre Wange. Mary konnte deutlich den modrigen Kloakengeruch des Wesens riechen und ihr wurde übel. Doch dann, unvermittelt, lies es von ihr ab.

Nach einigen Sekunden öffnete Mary vorsichtig die Augen. Die Gestalt war fort.

Die beiden Frauen hörten ein Platschen, das aus dem Schilf kam, es war in den See zurückgekehrt.

Nun gaben Marys Knie nach und sie rutsche an der Hauswand herunter auf den Boden.
Rosamund humpelte zu ihr und half ihr auf.
Beide zitterten am ganzen Leib.

„Kindchen, Kindchen", Rosamund schüttelte den Kopf, „ich sagte Ihnen doch, Sie sollen nach Einbruch der Dunkelheit nicht in die Nähe des Sees kommen."
Die beiden wankten zum Haus. Mary konnte kein Wort herausbringen.
Rosamund führte sie zu dem großen Sessel vor dem Kamin. Dann verriegelte sie die Tür und legte der völlig verschreckten Mary eine Wolldecke über die Knie.
„Kindchen, ich hole Ihnen eine Tasse Tee. Der wird Sie aufwärmen."
Sie ging zur Küche hinüber.
Mary schien, aus einem Traum aufzuwachen und schrie ihr panisch nach: „Aber was war das? Was war das denn?"
Rosamund antwortete nicht und werkelte in der Küche.
„Aber was war das denn?", rief sie immer wieder, gebetsmühlenartig.
Sie hatte einen Schock.
Die alte Frau kam mit einer großen Tasse dampfenden Tees zurück.

„Hier. Ich habe viel Zucker hineingetan, der wird Ihnen guttun."

Mary umklammerte die Tasse mit beiden Händen und nahm hastig mehrere Schlucke. Rosamund beobachtete sie dabei und jedes Mal, wenn Mary die Tasse absetzten wollte, schob sie sie ihr, behutsam erneut an ihren Mund, bis sie ganz ausgetrunken hatte.

Dann wiederholte Mary ihre Frage: „Was war das?"

Die alte Frau gab ihr auch jetzt keine Antwort, nahm ihr die Tasse ab und humpelte zurück in die Küche.

Mary wurde ruhiger, das Zittern verschwand und sie entspannte sich. Erst jetzt bemerkte sie ein Brennen auf ihrem Oberschenkel, nahm die Decke fort und sah nach. Sie schrie kurz auf und Rosamund kam zurück.

„Sehen Sie! Sehen Sie!"

Mary hatte vier parallel verlaufende Kratzer auf dem Bein, keine tiefen Wunden. Die Haut war nur oberflächlich angeritzt.

„Schauen Sie doch!", wiederholte sie verzweifelt.

Die alte Frau legte ihr wieder die Decke über die Knie und sagte: „Das sind nur ein paar harmlose Kratzer. Die sind in ein paar Tagen wieder verschwunden."

„Aber Sie verstehen nicht! Das ist die Signatur! Die Signatur des Serienkillers."

Kaum hatte sie dies ausgesprochen, spürte Mary einen Schwindel. Sie krallte sich an der Sessellehne fest, da sie das Gefühl hatte, in einem Karussell zu sitzen.

„Was haben Sie denn?"

„Mir ist nicht gut. Was war das für ein Tee?"

„Kommen Sie, Kindchen. Sie haben einen Schock. Wollen Sie sich nicht einen Moment hinlegen. Heute können Sie ohnehin nicht mehr in die Nacht hinaus."

Mary hatte das Gefühl, ihr Kopf sei völlig leer. Sie konnte keinen klaren Gedanken fassen. Willenlos, wie in Trance, ließ sie sich von der alten Frau die Treppe hinaufführen. Oben öffnete Rosamund eine Tür zu einer Kammer. Mary konnte sich kaum mehr auf den Füßen halten. In dem Raum befand sich ein breites Bett, ein Sessel am Fenster und eine große antike Truhe.

„Das ist eigentlich ein Gästezimmer, aber Gäste hatte ich schon lange nicht mehr. Kommen Sie, setzen Sie sich erst einmal in den Sessel dort."

Mary ließ sich hineinplumpsen, lehnte ihren Kopf an die hohe Rückenlehne und schloss die Augen.

„Einen Moment. Ich hole das Bettzeug."

Als die alte Frau mit der Bettwäsche zurückkam, schien Mary eingeschlafen zu sein.

Rosamund machte das Bett zurecht und ging zu ihr.

„Kindchen?"

Sie klatsche ihr ein paarmal leicht auf die Wange, bis Mary verwirrt die Augen öffnete.

„Sie müssen ihre Kleidung ausziehen."

Mary nickte und versuchte aufzustehen, ihre Knie waren wie Pudding. Die alte Frau stützte ihr den Rücken. Sie befand sich in einer Art Dämmerzustand. Mechanisch zog sie sich aus und behielt nur ihre Unterwäsche an. Rosamund umfasste sie an der Taille und brachte sie zum Bett. Als die beiden Frauen den Rand der Matratze erreicht hatte, ließ Rosamund Mary los und sie fiel der Länge nach auf das Bettlaken. Rosamund hob Marys Beine an, die noch über der Kante baumelten, schob diese auf die Matratze und deckte ihren Körper zu. Mary fiel in tiefen Schlaf.

Nach einigen Stunden erwachte sie und wusste nicht, wo sie sich befand. Sie versuchte, sich aufzusetzen, aber ihr Körper fühlte sich schwer an. Sie ließ sich wieder ins Kissen zurückfallen und schloss für einen Moment die Augen. Dann öffnete sie sie wieder und schaute sich um. Das Mondlicht fiel ins Zimmer. Die Vorhänge waren nicht zugezogen. Sie hatten das gleiche geblümte Muster, wie die Bettwäsche des Bettes in dem sie lag. Sie stützte sich ab und richtete sich ein wenig auf. An der Wand gegenüber stand eine mächtige Truhe und neben dem Bett auf einem Tischchen entdeckte sie ein gefülltes Wasserglas. Wo war sie hier?

Eine Eule stieß in regelmäßigen Abständen einen Laut aus.
Mary lauschte.
Wie lange hatte sie geschlafen?
Sie verspürte Durst und griff nach dem Glas, welches sie in einem Zug leerte. Als sie es zurückstellte, hatte sie einen bitteren Geschmack im Mund. Das war kein

Wasser, dachte sie. Hatte sie einen Unfall gehabt? Sie erinnerte sich an einen schrecklichen Traum. Ein Monster hatte sie verfolgt und gewürgt. Nun wurde ihr wieder bewusst, wer sie war. Sie erinnerte sich an den Inspektor und die Ermittlungen. Aber sie konnte sich nicht konzentrieren. Der Inspektor hatte immer von einem Seeungeheuer gesprochen. Diese Geschichten mussten bei ihr den Albtraum ausgelöst haben.

Nun spürte sie, wie sich alles um sie herum vernebelte. Das Muster der Vorhänge verschwamm, die Wände bewegten sich. Eine bleierne Müdigkeit überkam sie.

Was hatte sie da eben getrunken? Sie ließ sich in Kissen fallen und versank wieder in tiefem Schlaf.

Kapitel 15

Inspektor Barclay hatte gefrühstückt, doch seine Assistentin war noch nicht erschienen. Gestern Abend bei der Suche nach dem Earl war sie nicht dabei gewesen. Da sie ihm gesagt hatte, dass sie müde sei, wollte er sie nicht wecken und auch später nicht mehr stören. Sie sollte sich einmal ausruhen. Schließlich war sie eine Frau und nicht so belastbar, dachte er.

Aber nun erschien sie wieder nicht. Das sah ihr gar nicht ähnlich. Er nahm einen letzten Schluck Kaffee, stellte die Tasse ab und stieg die Treppe zu ihrem Zimmer hinauf.

Vorsichtig klopfte er an die Tür.

„Miss Abbot? Wo bleiben Sie denn? Es ist schon neun."

Keine Antwort.

Barclay klopfte nun heftiger. Nichts.

Vorsichtig drehte er den Türknauf. Die Tür war verschlossen.

Nun hämmerte er gegen die Tür und legte sein Ohr an das Türblatt. Nichts war zu hören.

Er blickte nach rechts und links, die Luft war rein. Dann griff er sich in die Hosentasche und zog ein Bündel Dietriche heraus. Er wusste, wie man damit umging. Die Berufsgeheimnisse des Klientels, mit dem er tagtäglich zu tun hatte, lernte er über die Jahre.

Ein Klick und die Tür war offen.

Vorsichtig spähte er in den Raum, es könnte ja sein, dass seine Assistentin wider Erwarten doch noch im Bett lag.

Er wollte nicht wie ein Rüpel in ihr Zimmer stürmen.

Aber das Bett war säuberlich gemacht und unberührt.

Nun sah er sich im Zimmer um.

Ihr Mantel und ihre Handtasche waren verschwunden.

Sie musste also schon früh das Haus verlassen haben.

Aber wohin war sie gegangen?

Er verschloss die Tür und ging hinunter zum Schankraum. Dort fragte er den Wirt, ob er Mary aus dem Haus hat gehen sehen.

„Ja, aber nicht heute früh, sondern gestern Abend. Es war schon dunkel. Ich sah, wie sie sich eine Lampe holte. Sie lief an mir vorbei und sagte, sie sei gleich zurück. Ich dachte, sie wollte zu Ihnen ins Schloss."

„Nein, da war sie nicht."

Barclay ging rüber zum Besprechungsraum.

Sergeant Neal saß am Tisch und trank Kaffee.

„Haben Sie Miss Abbot gesehen?"

„Nein, seit gestern Nachmittag nicht mehr."

„Sie scheint verschwunden zu sein. Ich mache mir Sorgen."

Barclay ging zu der großen Karte hinüber und betrachtete sie. Nun waren dort fünf Fähnchen. Es schauderte ihn bei dem Gedanken, dass er bald ein Sechstes hineinstecken müsste.

Er drehte sich abrupt um und sagte: „Wir müssen sie suchen! Holen Sie ihre Leute zusammen und verteilt

Euch im Dorf. Fragt, ob man sie irgendwo gesehen hat. Ich fahre zum Schloss, vielleicht ist sie dort."

Der Inspektor hatte sich im Schloss nach seiner Assistentin erkundigt, aber sie war dort nicht gesehen worden. Nun beschloss er, zu dem Haus am See zu gehen. Mary hatte ihm von dem Gespräch mit der alten Frau berichtet. Erkenntnisse hatten sich daraus nicht ergeben. So ging er selbst der Sache nicht mehr nach. Aber vielleicht gab es doch etwas Neues und Mary war noch einmal dorthin gegangen.

Er ging eiligen Schrittes zwischen den Feuchtwiesen zum Haus und dort angekommen, betätigte er den Türklopfer. Nichts tat sich. Er schaute sich um und ging einige Schritte zum See. Es war heiß, er nahm seinen Hut ab und wedelte sich damit Luft zu. Langsam drehte er sich um und eine alte Frau stand vor ihm.

Er erschrak.

„Ich habe Sie gar nicht gehört. Mein Name ist Barclay, also Inspektor Barclay von Scotland Yard. Sie müssen Miss Bell sein?"

„Ja."

„Ich suche meine Assistentin, Miss Abbot."

„Ist sie verschwunden?", fragte Rosamund gespielt arglos.

„Ja, niemand kann sie finden und da ich weiß, dass sie mit Ihnen gesprochen hatte, dachte ich, dass sie vielleicht noch einmal hierher gekommen ist."

„Nein."

Barclay sah die alte Frau betrübt an.

„Vielleicht ist sie nach Newcastle gefahren, sie hatte es vor, als wir uns das letzte Mal sahen", log Rosamund.

„Aber warum hat sie mir das denn nicht gesagt?", fragte der Inspektor ins Leere.

„Wann haben Sie sie das letzte Mal gesehen?"

„Das war nachdem Brandon verhaftet wurde."

„Sie kennen diesen Brandon?"

„Sehen Sie mich an, Inspektor. Ich bin alt, ich kennen jeden hier."

„Was haben Sie mit Miss Abbot besprochen?"

„Wir haben über Familiäres gesprochen. Wussten Sie, dass wir verwandt sind?"

„Ja, Sie deutete so etwas an."

„Nun gut, ich werde dann mal wieder gehen und in Newcastle anrufen. Auf Wiedersehen."

Barclay setzte seinen Hut wieder auf, drehte sich um und murmelte im Weggehen: „Warum hat sie mir keine Nachricht hinterlassen?"

Rosamund sah ihm nach bis er hinter der Biegung verschwunden war. Dann blickte sie zum Fenster der Gaube hoch, hinter dem Mary bewusstlos im Bett lag und ging ins Haus.

Kapitel 16

Irgendetwas hatte sie geweckt. Mary öffnete kurz die Augen und schloss sie gleich wieder. Die Nachmittagssonne drang durch das Fenster und blendete sie. Sie legte sich die Hand vor die Augen und blinzelte durch die Zwischenräume der Finger. Dann hielt sie die Hand in den Strahl, blickte sich im Zimmer um und erschrak. Eine Gestalt stand an ihrem Bett.

Mit einem Schlag war sie hellwach.

„Geht es Ihnen besser, Kindchen?", fragte Rosamund.

Als Mary die alte Frau erkannte, beruhigte sie sich.

„Ja, ich glaube schon. War ich krank?"

„Nein, Sie hatten einen Schock."

Marys Gedanken kreisten wirr durch ihren Kopf.

„Wie lange bin ich hier?"

„Seit gestern Abend, als es passierte."

„Was ist denn passiert?"

„Können Sie sich nicht daran erinnern?"

Mary setzte sich auf und rieb sich das Gesicht.

„Ich hatte einen furchtbaren Traum."

Rosamund sagte nichts.

„Und ich bin seit gestern hier? Man wird mich vermissen."

„Ja, der Inspektor war gerade unten vor dem Haus."

Mary sah zur Zimmertür.

„Aber warum ist er nicht heraufgekommen?"

„Ich habe ihm nicht gesagt, dass Sie hier sind?"

„Was? Aber warum denn nicht?"

Mary bekam Angst und ihr Herz klopfte heftig. War sie eine Gefangene von dieser Frau?

„Ich habe dem Inspektor nichts gesagt, weil es zu viele Fragen aufgeworfen hätte."

„Was denn für Fragen? Ich verstehe gar nichts."

Mary erinnerte sich an das bittere Getränk in der Nacht und vorher hatte sie Tee getrunken.

„Was war in dem Glas?"

„Ein Kräutertrank."

„Und Sie hatten mir Tee gegeben, auch ein Gebräu von Ihnen?"

„Ja, ich wollte, dass Sie sich mal so richtig ausschlafen."

„24 Stunden? Halten Sie mich hier gefangen?"

Rosamund lächelte.

„Aber nein, Kindchen."

„Gut! Dann werde ich jetzt dieses Haus verlassen."

Mary versuchte aufzustehen, ihr war furchtbar schwindelig. Sie fasste sich an die Stirn.

„Das ist eine kleine Nebenwirkung des Mittels. Das vergeht, bleiben Sie liegen. Ich bringe Ihnen etwas zur Stärkung."

Mary nickte.

„Könnte ich diesmal vielleicht einen Earl Gray bekommen? Nicht wieder ein Getränk aus Ihrer Hexenküche?"

Die alte Frau lachte kurz auf.

„Sehen Sie, ich sag ja, dass es Ihnen nach ein paar Stunden Schlaf besser gehen würde. Sie sollen Ihren Earl Gray haben."

Rosamund verlies das Zimmer. Mary legte sich zurück und döste ein wenig.

Die Tür stand weit offen. Sie hörte Geräusche aus der Küche und dann Schritte auf der knarzenden Holztreppe.

Rosamund trug ein Tablett ins Zimmer, das wie ein kleiner Tisch aussah, so dass sie es über dem Schoß von Mary auf der Bettdecke abstellen konnte.

Mary stützte sich ab, setzte sich ganz auf und zog das Tablett zu sich heran. Es gab Tee, Toast und Rührei.

„Vielen Dank, das sieht sehr gut aus."

„Essen Sie erst mal und dann unterhalten wir uns."

Die alte Frau humpelte aus dem Zimmer.

Während des Essens wurden Marys Gedanken klarer und sie erinnerte sich an den Traum.

War es ein Traum oder war es Wirklichkeit?

Als Rosamund plötzlich wieder in der Tür stand, erschrak sie. Diese Frau tauchte auf, wie ein Geist, dachte sie. Mary räumte das Tablett fort.

„Ich glaube, ich hatte gar keinen Albtraum, es war Wirklichkeit?"

Die alte Frau nickte und Mary wurde blass.

„Was war das für eine Kreatur, die mich angegriffen hat?"

Rosamund hielt einige Papiere in Händen, die sie ihr reichte.

„Hier, lesen Sie, dann verstehen Sie vielleicht."

Mary nahm den Stapel und sah die ersten Blätter durch. Es waren uralte Pergamentbögen, die mit feinem Federstrich beschriftet waren.

Sie versuchte, die Schrift zu entziffern.

Nach einigen Zeilen blickte sie auf und sagte: „Das ist Alt-Englisch. Ich muss gestehen, dass ich davon nicht viel verstehe."

Rosamund lächelte.

„Das macht nichts Kindchen. Ich habe vor langer Zeit eine Abschrift gemacht."

Sie deutete mit ihrem knochigen Zeigefinger, der offensichtlich von Gicht befallen war, auf den Stapel.

„Die unteren Blätter."

Mary sah, dass sich unter den Pergamentbögen modernes Papier befand, das mit Schreibmaschine beschriftet war.

„Das macht es natürlich leichter", sagte sie, zog die Bögen hervor und begann zu lesen.

„Sie werden eine Zeitreise machen", sagte Rosamund.

Kapitel 17

Mein Name ist Catherine, geborene Bell.
Ich bin die Schwester der Rowena Bell und hier will ich
die ganze Geschichte vortragen.
Einiges habe ich selbst erlebt, anderes hat mir meine
Schwester erzählt.
Mein besonderer Dank gilt Lady Longford, die mir
berichtete, was sich am Hof zugetragen hatte.

Richmond 1603

Königin Elizabeth betrat ihre Gemächer. Mehreren Hofdamen erwarteten sie. Ohne ein Wort zu sagen, blieb sie inmitten des Raumes stehen, spreizte ihre Arme ab und die Damen begannen hektisch an ihr herum zu zupfen. Zwei öffneten die Verschnürungen, der mit schwerem Goldbrokat und Perlen bestickten Ärmel, an den Schultern, eine löste das Taillenband des ebenso reich geschmückten und versteiften Rockes, eine andere entfernte die Kröse, die den Hals der Herrscherin umschloss und lockerte danach die Schnürung der Korsage. Obwohl sich viele Helferinnen um die Königin bemühten, dauerte es einige Zeit, bis sie aus ihrer luxuriösen Panzerung befreit war. Zum Ende der Prozedur stand sie in einem langen Unterkleid da, das sogleich durch einen warmen Mantel bedeckt wurde. Es war kalt im Schloss.

Sie setzte sich an ihren Frisiertisch und betrachtete ihr Gesicht in einem großen Spiegel.

Die erste Hofdame, Lady Longford, löste vorsichtig das Diadem aus der Perücke und nahm der Königin anschließend auch diese ab. Elizabeth zeigte sich seit vielen Jahren nur noch mit Perücke in der Öffentlichkeit. Erleichtert fuhr sie sich mit den Fingerspitzen durch ihr raspelkurzes Haar, das mit den Jahren dünn geworden war.

„Schickt mir Bluebell! Schickt nach meiner Apothekerin!"

Sie rieb sich mit den Handflächen über ihr Gesicht.

„Sie soll mich zur Nacht ein wenig verwöhnen!"

Lady Longford gab einer jungen Hofdame ein Zeichen. Beide machten einen tiefen Hofknicks und verließen den Raum.

Außerhalb der königlichen Gemächer wandte sich Lady Longford an die Wachen und sagte: „Ihre Majestät wünscht Miss Bell zu sprechen. Holt sie unverzüglich her!"

Einer der Männer entfernte sich.

„Wer ist diese Miss Bell? Dem Namen nach, scheint sie nicht von Stand zu sein?", fragte die junge Hofdame.

„Ihr Name ist Rowena, Rowena Bell. Sie ist eine einfache Frau aus dem Volk, aber sie beherrscht die Künste der Schönheitspflege, wie keine andere."

„Ist sie eine Kräuterhexe?"

„Lady Wessex, Ihr seid erst kurz am Hof und müsst Folgendes unbedingt beachten. So etwas dürft Ihr niemals sagen! Sicherlich würde Miss Bell unter normalen Umständen in den Ruf einer Hexe geraten und vielleicht auf dem Scheiterhaufen enden, aber sie steht unter dem Schutz der Königin, die ihr den offiziellen Titel „Apothekerin der Königin" mit Schutzbrief verliehen hat. Am Hof kennt jeder diese Frau. Sollte sie also einmal die Königin sprechen wollen, müsst Ihr sie in jedem Fall vorlassen. Sie hat den großen Zutritt, wie die Herzoginnen. Selbstverständlich müsst Ihr sie, wie jede Besucherin zuvor ankündigen und auf die Zustimmung Ihrer Majestät warten."

„Aber sie ist eine Gemeine, nicht einmal von niederem Adel! Wie kam es, dass eine solche Person Zutritt zur Königin erhielt?"

„Ich will es Euch erklären, aber nicht hier. Später. Nur eins vorab! Behandelt sie niemals respektlos! Schhh...! Sie kommt!"

Lady Wessex drehte sich um und erblickte eine etwa 30 Jahre alte Frau in Begleitung des Wachmannes. Sie war schlicht, aber edel gekleidet, ein bodenlanges Gewand und darüber einen blauen Umhang mit einer Pelzverbrämung an der Kapuze. Beides aus feinstem

Wollstoff. Sie trug eine große Ledertasche, die am Verschluss mit kleinen Schmuckelementen aus Bronze verziert war.

Rowena kannte die Bedürfnisse der Monarchin und hatte bei ihren Konsultationen meist alles eingepackt, wonach sie verlangen würde. Nur selten musste sie zurück in ihre Gemächer, um etwas anzurühren.

Um der Herrscherin immer schnell zu Diensten zu sein, hatte man ihr eigene Räume im Palast zugewiesen. Diese bestanden aus einem großen Wohnsalon in dem auch das Bett stand und einer angrenzenden kleinen Halle, die sie als Labor nutzte.

Die Königin hatte ihr zudem einen Bereich des Hofgartens überlassen, der mit einer Mauer umschlossen war, so dass sich darin ein mildes Klima bildete. Hier konnte sie alle Kräuter anbauen, die sie für die Herstellung ihrer Salben und Tinkturen benötigte. Durch das schmiedeeiserne Tor hatten nur sie und ein Gärtner Zutritt, der speziell für die Pflege der Gewächse abgestellt war.

Rowena blieb nur wenig Freizeit, schon in der Früh kochte und rührte sie ihre Mittel an. Niemals durfte sie ohne die Erlaubnis der Königin den Palast verlassen, da sie immer verfügbar sein musste. Aber sie war glücklich, dort zu sein und ihren Beruf ausüben zu können. Außer der Herrscherin nahmen auch andere Damen des Hofes ihre Dienste gern in Anspruch.

Rowena machte vor den beiden Hofdamen einen Knicks und wartete, bis sie angesprochen wurde.

„Ah, Miss Bell, schön, dass Ihr so schnell hergekommen seid. Ihre Majestät, benötigt Eure Dienste", sagte Lady Longford.

Sie wandte sich um und betrat die Gemächer der Monarchin. Rowena und Lady Wessex folgten ihr.

Als die Königin ihre Apothekerin sah, rief sie freudig: „Bluebell, kommt, ich muss ein wenig verwöhnt werden."

Rowena machte einen tiefen Knicks, erhob sich wieder und sagte: „Gern, Eure Majestät."

„Last uns allein", rief die Königin, „lasst mich mit der Apothekerin allein!"

Alle Hofdamen verließen das Schlafgemach und versammelten sich in einem Nebenraum, der als privates Wohnzimmer der Herrscherin diente.

Lady Wessex wandte sich nun wieder an Lady Longford und fragte flüsternd: „Diese Miss Bell darf ganz allein bei der Königin sein? Wenn sie sie nun vergiftet?"

Lady Longford sah die unerfahrene Hofdame an und schüttelte missbilligend den Kopf: „Habt Ihr es denn nicht verstanden? Die Apothekerin Bell hat das volle Vertrauen der Königin. Wagt es nicht dieses Vertrauen anzuzweifeln, das würde Euch nicht gut bekommen. Ihr seid doch froh diese Stellung bei Hofe zu haben?"

Lady Wessex erschrak und nickte.

„Also, wenn Ihr Eure Stellung behalten wollt, tretet der Dame Bell immer freundlich gegenüber und achtet sie, als wäre sie eine Gleichgestellte."

„Eine Gleichgestellte?"

„Der Königin zuliebe, müsst Ihr sie so behandeln. Habt Ihr es nun begriffen?"

„Ja, Mylady! …und warum nennt Ihre Majestät die Dame `Bluebell´?"

„Nach den Hasenglöckchen, Ihr kennt doch diese kleinen Glockenblumen, die im Frühjahr in den Wäldern und Lichtungen in großer Zahl blühen. Vielleicht habt ihr es eben nicht bemerkt, aber die Augen von Miss Bell haben diese Farbe, ein tiefes Blau, beinahe Lila. Eine Farbe, die ich niemals zuvor sah."

„Oh, also ist sie doch eine Hexe", flüsterte Lady Wessex und kicherte.

o

„Bell, liebste Bluebell, ich bin so müde. Alle quälen mich mit ihrer Aufmerksamkeit, ihren Bedürfnissen und Forderungen, alles ist so anstrengend geworden."

Die Königin war nun 69 Jahre alt. Mit 25 wurde sie zu Elizabeth I von England gemacht. Ihre jugendliche Schönheit von damals war Vergangenheit, auch ihre Vitalität ließ in letzter Zeit nach, und sie beklagte immer öfter ihre Müdigkeit.

„Wie kann ich Euch heute dienen, Majestät?"

„Bitte macht mir eine Kopfmassage, mit Eurem wunderbaren Kräuterelixier und mein Gesicht dürstet nach Feuchtigkeit."

„Sehr wohl, Majestät."

Rowena öffnete ihre Tasche und zog ein dunkles Fläschchen heraus, das mit einem Korken verschlossen war.

Elizabeth stand von ihrem Hocker auf, ging zu einem Sessel hinüber und nahm dort Platz.

„Lehnt Euch ganz entspannt zurück, Majestät", sagte Rowena und schob der Monarchin eine schmale Kissenrolle in den Nacken.

Die Königin lehnte sich an und schloss die Augen.

Rowena öffnete das Fläschchen und sogleich duftete es nach feuchtem Moos und frisch geschlagenem Holz. Rowena träufelte etwas von der Flüssigkeit aus dem Fläschchen in ihre Hände und verteilte sie so, dass auch die Zwischenräume ihrer Finger damit benetzt waren. Nun ließ sie ganz langsam ihre Hände über den Kopf der Königin gleiten und fuhr mit den Fingern durch das kurze Haar. Dies machte sie rhythmisch. Danach bewegte sie ihre Fingerspitzen in kleinen Kreisen, zuerst über die Stirn der Königin und dann über den Schädel bis hinunter zum Nacken.

Die Monarchin begann genussvoll zu stöhnen und sagte mit geschlossenen Augen: „Oh, Rowena, was würde ich nur ohne Euch machen!"

Selten nannte Elizabeth ihre Apothekerin beim Vornamen.

Nach einer Weile beendete Rowena die Massage und wickelte der Herrscherin einen leichten Schal um ihren feuchten Kopf.
„Darf ich Euch eine Feuchtigkeitsbehandlung des Gesichts vorschlagen, Majestät?"
„Ja, macht Bell, macht. Deshalb habe ich Euch ja rufen lassen."
Elizabeth hielt weiterhin ihre Augen geschlossen.
Rowena griff in ihre Tasche, holte ein Tongefäß hervor und öffnete es. Es enthielt eine dicke weiße Paste, die sie auf das Gesicht der Königin auftrug. Als dieses vollständig damit bedeckt war, breitete sie ein leichtes Leintuch, das sie ebenfalls aus der Tasche zog, über dem Gesicht der Monarchin aus und drückte es leicht an.

„Ist alles in Ordnung, Majestät?", fragte Rowena und die Königin ließ ein „Mmmm" vernehmen.
Rowena setzte sich nun auf einen Hocker und wartete. Die Paste musste eine halbe Stunde einwirken. Dazu hatte sie ein Stundenglas aufgestellt und gedreht. Nach einigen Minuten war ein leises Schnarchen der Herrscherin zu hören.
Als die Zeit um war, sprach Rowena die Königin leise an und berührte sie dabei vorsichtig am Handrücken, bis diese erwachte.

„Ich muss Euch jetzt die Creme abnehmen, Majestät."
Die Königin nickte.

Rowena nahm das Leintuch ab und wische die Reste des Mittels vom Gesicht der Monarchin. Nun tränkte sie ein frisches Tuch mit einer Flüssigkeit und tupfte damit die Haut ab. Sie entfernte auch den Schal, den sie der Königin um das Haar geschlungen hatte.

„Wir sind fertig, Majestät."

Elizabeth öffnete die Augen, stand auf und ging zu ihrem Frisiertisch hinüber. Sie sah in den Spiegel und sagte: „Ihr seid eine Künstlerin, Bell. Ich fühle mich fantastisch und sehe auch so aus. Ich danke Euch!"

Sie drehte sich um und hielt ihrer Apothekerin ihre Hand entgegen. Rowena trat einen Schritt vor, kniete sich nieder und küsste den Handrücken der Monarchin.

Dann wandte sich die Königin ab und klingelte nach den Hofdamen, die sogleich erschienen.

„Ich begebe mich nun zur Ruhe", sagte sie und die Hofdamen begannen wieder an ihr herum zu zupfen.

Rowena sammelte derweil ihre Sachen ein, ging rückwärts zum Ausgang, machte dort noch einmal einen tiefen Knicks und verließ die Gemächer. Draußen passierte sie die Wachen und ging zu ihren Räumen. Dort nahm sie alle Fläschchen und Tücher aus ihrer Tasche.

Die Tücher gab sie in einen großen Topf, der über dem Feuer hing und fügte einige Tropfen eines Elixiers hinzu. Dort ließ sie sie für Stunden kochen. Sie benutzte für ihre

Anwendungen nur eigenes Material. Alle Tropfen und Pasten rührte sie jeden Morgen frisch an. Im Winter benutzte sie Kräuter, die sie im Sommer getrocknet hatte.

Elixiere, die ruhen mussten, also nicht frisch angerührte werden konnten, verschloss sie in einem speziellen Schrank, der nur von ihr geöffnet werden konnte.

Zu viele Feinde gab es am Hofe und ihre Vertrautheit mit der Herrscherin war einigen ein Dorn im Auge. Zu gern hätte man sie vom Hof entfernt. Was lag also näher, als die Gebräue und Salben der Apothekerin zu vergiften und sie somit dem Verdacht auszusetzen, der Königin Schaden zufügen zu wollen. Das wäre Hochverrat und ihr würden Folter und der Scheiterhaufen drohen. Rowena musste sehr vorsichtig sein. Sie konnte niemandem am Hof vertrauen.

o

Lady Longford und Lady Wessex gingen im Park des Schlosses spazieren und als sich niemand in deren Nähe aufhielt, beugte sich Lady Wessex zu der älteren Hofdame und flüsterte: „Ihr wolltet mir doch etwas über die Apothekerin erzählen."

„Nun ja, was wollt Ihr wissen?", sagte Lady Longford leise.

„Alles! Woher sie kommt und wie es möglich ist, dass eine gewöhnliche Frau den Zutritt zur Königin hat."

„Nun gut, ich will es Euch erzählen. Als die Eltern von Miss Bell und ihren Geschwistern verunglückten, war Miss Bell etwa 10 Jahre alt. Sie hat noch einen Bruder und eine Schwester, die jünger sind. Die drei waren Waisen und mussten irgendwo unterkommen. Ein Onkel wollte nur den Jungen aufnehmen, Miss Bell kam zu einer Großtante und die Schwester wurde zu Leuten aus dem niederen Adel auf ein Gut gegeben. Die Großtante, die Miss Bell aufnahm, war in jungen Jahren Nonne in Ellerton Priory. Sie hatte die Zerstörungen von 1536 überlebt und war zu einem Verwandten nach Richmond geflohen, der dort eine Apotheke führte. Sie konvertierte und lebte fortan in dessen Haushalt. Im Kloster hatte sie reiche Kenntnisse der Kräuterheilkunde erworben und brachte diese in das Geschäft ein. Miss Bell hatte, dem Gerücht nach, schon als Kind ein großes Interesse am Anrühren von Rezepturen gezeigt, und so wurde sie von der Großtante in die Geheimnisse der Kräuterheilkunde eingeweiht. Sie lernte alles über die Wirkung von Pflanzen und Ölen. Sie war so begabt, dass sie später eigene Rezepturen entwickelte und sie eignete sich Wissen über die Schönheitspflege und Heilkunde der Haut an. Sie erfand eine Creme, die sie zunächst bei all ihren Cousinen und Tanten ausprobierte und als diese begeistert waren, wurde das Produkt in der Apotheke verkauft. Dadurch wurden die Damen des benachbarten Schlosses, Marrick Hall, aufmerksam und sie empfahlen die Creme Lady Marrick, meiner Cousine. Diese wurde eine regelmäßige Kundin von Miss Bell, die dann auch zu Anwendungen ins Schloss kam. Es sprach sich immer mehr herum und jede Dame der Gesellschaft, aus der Gegend, erwarb die Cremes und Wässerchen von ihr.

Als meine Cousine mich hier bei Hofe besuchte, bewunderte ich ihr strahlendes Aussehen, und sie erzählte mir, dass sie eine Apothekerin kennen würde, die das bewirkt hätte. Das berichtete ich ihrer Majestät, und sie ließ Miss Bell kommen. Die Königin hatte im Gesicht von einer Pockenerkrankung schreckliche Narben zurückbehalten. Diese hatte Miss Bell mit Erfolg behandelt, so dass kaum noch etwas zu sehen war. Man schrieb es den Ärzten zu, aber sie hatte es vollbracht. Nach diesem Erfolg wollte die Königin nicht mehr auf ihre Dienste verzichten. Sie wurde sogar zu den Konsultationen der Ärzte hinzugerufen. Diese waren wenig erfreut über ihre Anwesenheit. Aber Miss Bell ist klug. Sie weiß genau, wie gefährlich es wäre, wenn sie sich zu sehr in das Metier der Ärzte einmischen würde. Sie hält sich an die Spielregeln und behandelt nur die Haut. Niemals würde sie ein Getränk anrühren."

„Was ist aus den Geschwistern geworden?"

„Der Bruder lebt mit seiner Frau in York. Er ist dort Schreiber. Und die Schwester ist Kammerzofe irgendwo in Cumbria."

o

Die Königin saß in eine Lektüre vertieft an ihrem Schreibtisch, als Lady Longford ins Zimmer trat.

„Was gibt es denn?", fragte die Monarchin ohne aufzusehen.

„Miss Bell bittet um eine Unterredung, Eure Majestät."

Elizabeth sah auf. Sie wirkte müde und angespannt. In den letzten Wochen hatte ihre Gesundheit gelitten und sie verließ ihre Gemächer nur noch zu wichtigen Ereignissen.

„Führt sie herein."

Lady Longford verschwand und kam kurz danach mit Rowena zurück. Diese machte einen tiefen Hofknicks.

„Bell, was ist denn los?", und zu Lady Longford sagte sie: „Lasst uns allein!"

Diese zog sich zurück.

Rowena erhob sich und ging ein paar Schritte auf die Königin zu.

„Eure Majestät, darf ich eine Bitte äußern?"

„Aber Bell, natürlich."

„Meine Schwester Catherine schrieb mir. Sie ist Kammerzofe bei Lady Tottingham…"

„Da ist sie nicht zu beneiden! Eine schrecklich dumme Person!", rief die Königin aus.

Rowena lächelte.

„Die Lady hat sich kürzlich von den Windpocken erholt und einige Narben zurückbehalten. Nun scheint sie untröstlich zu sein, und da ich mich in diesen Dingen auskenne, fragt meine Schwester nun, ob ich der Lady vielleicht helfen würde."

„Sicher seid Ihr dazu in der Lage. Aber kann ich auf Euch verzichten?"

Elizabeth stand auf, ging zum großen Spiegel hinüber und sah hinein. Sie strich sich über ihre Wangen und sagte: „Niemand kennt Eure Fähigkeiten besser als ich. Ihr habt meine Pockennarben behandelt, so dass sie kaum noch zu sehen sind."

Dann blickte sie Rowena an.

„Windpocken, das ist eine Kinderkrankheit, kein Vergleich mit dem, was ich durchmachen musste…. und Windpocken machen auch Narben?"

„Ja, Mylady, wenn man sich während der Erkrankung nicht an die Empfehlungen der Ärzte hält. Aber sie sind nicht so ausgeprägt wie Pockennarben."

„Das sieht diesem Weib wieder mal ähnlich! Sie ist also selbst schuld an ihrer Misere! Ich kann diese Frau nicht ausstehen. Am Hof hat sie keinen Zutritt mehr. Und nun soll ich Euch dieser Pute überlassen?"

„Majestät hatten immer ein großes Herz."

„Bell, Bell, ihr schmeichelt mir. Ich merke das sofort", sagte die Königin mit erhobenem Zeigefinger und lächelte. Dann ging sie auf ihre Apothekerin zu und strich ihr über das Haar, welches Rowena meist offen trug.

„Ich muss nachdenken. Molland Castle liegt weit im Norden, bis dorthin sind es etwa sieben bis acht Tagesetappen. Es ist Februar, der Boden ist gefroren, dann geht es etwas schneller. Wie lange, schätzt Ihr, würde die Behandlung dauern?"

„Ein bis zwei Wochen. Die Nachbehandlung kann der Medicus der Lady übernehmen."

„Dann könntet Ihr also in spätestens einem Monat wieder hier sein?"

„Ja, Mylady."

„Was mache ich denn ohne Euch, die ganze Zeit?"

Die Monarchin ging auf und ab.

„Wenn Ihr einverstanden seid, könnte ich Lady Longford einige der Salben überlassen und ihr erklären, wie sie aufzutragen sind."

„Nun ja, das wäre besser als nichts."

Elizabeth ging zum Fenster und sah in die Landschaft hinaus. Trüb war es und nebelig. Dann drehte sie sich zu Rowena um und sagte: „Nun gut, ich erlaube es! Ich gebe Euch einen meiner Wagen und ihr werdet auf meiner Route reisen, in den Stationen halten sie immer frische Pferde für mich bereit. Und ich gebe Euch einen meiner Leibgardisten zur Begleitung mit."

„Danke, Majestät, das ist sehr freundlich."

„Ja, ja, ich weiß."

Die Königin wandte sich wieder der trüben Landschaft zu und sagte: „Ihr könnt morgen reisen. Ich werde alles veranlassen. Nun geht, bevor ich es mir anders überlege!"

Rowena machte einen tiefen Knicks.

„Danke, Eure Majestät."

o

Rowena hatte alles, was sie für die Behandlung benötigte in einer Kiste voller Stroh gepackt, so dass die empfindlichen Glasflaschen auf der holprigen Reise keinen Schaden nehmen würden. Die wertvollen und geheimen Ingredienzien befanden sich in ihrer großen Ledertasche, die sie auf der Reise immer bei sich führen und nicht aus den Augen lassen würde.

Sie trug ein schlichtes Kleid aus feiner Wolle und darüber ihren blauen warmen Umhang mit pelzverbrämter Kapuze.

Als Rowena aus dem Gebäude trat, war der Wagen schon vorgefahren. Die Königin hatte ihr eine ihrer kleineren und schlichteren Reisekutschen zur Verfügung gestellt. Das königliche Wappen, dass immer auf den Türen angebracht wurde, wenn die Herrscherin den Wagen benutzte und die Wimpel auf dem Dach, hatte man entfernt, so dass die Kutsche nicht als Wagen der Monarchin zu erkennen war, sondern wie das Gefährt einer adeligen Dame wirkte.

Der Kutscher hielt die Pferde und der Leibgardist, ein Mann, um die dreißig Jahre, stand neben der Kutsche, machte eine Verbeugung und öffnete Rowena die Wagentür. Die Kiste und ihr sonstiges Gepäck waren bereits verstaut worden. Im Innern hatte man einige heiße, mit Stoff umwickelte Steine verteilt und es lag eine dicke Pelzdecke auf der gepolsterten Sitzbank.

„Wie ist Ihr Name, Sir?", fragte Rowena den Leibgardisten.

„John Abbot, Madame."

„Wer ich bin, wisst Ihr?"

„Ja, Madame, Ihr seid die Apothekerin der Königin."

Rowena lächelte, nickte ihm zu und bestieg die Kutsche. Als John die Wagentür schließen wollte, rief sie: „Aber werdet Ihr nicht mit mir, hier drinnen, reisen?"

„Nein, Madame. Ich sitze neben dem Kutscher, dort kann ich die Lage besser im Auge behalten. Schließlich bin ich zu Eurer Sicherheit dabei."

„Ja, ich danke Euch. Und, bitte nennt mich Miss Bell."

„Gern, Madame...äh, Miss Bell."

John lächelte und schloss den Verschlag der Kutsche.

Rowena nahm mit Blick in Fahrtrichtung Platz und stellte die Ledertasche neben sich ab. Die Bank und auch die Rückenlehne waren dick gepolstert und alles war mit rotem Samt bezogen worden. An den Kanten schlängelte sich wertvolle Stickerei. Man sah sofort, dass dies kein normales Gefährt war. Rowena zog die Decke über ihre Knie und die Kutsche fuhr mit einem Ruck an.

Die Reise ging über Bedford, Northampton, Leicester, Nottingham, Sheffield und Skipton. Am Abend des sechsten Tages bog die Kutsche durch das Eingangstor in den Park von Molland Castle ein. Es war schon dunkel, aber der Vorplatz des Schlosses war durch Fackeln erleuchtet.

o

Die folgenden Passagen beruhen auf Erzählungen meiner Schwester und meinen eigenen Erlebnissen.

Lady Tottingham ging zum Fenster ihres Gemachs, als sie das Geräusch einer ankommenden Kutsche vernahm.

„Catherine, seht! Ein wahrlich luxuriöses Gefährt! Aber ich kann kein Wappen erkennen. Wer mag das wohl sein?"

Ich ging zum anderen Fenster und sagte: „Vielleicht ist es meine Schwester, Mylady. Ich erwarte sie jeden Tag."

Rowena stieg aus.

„Ja, sie ist es", rief ich.

„Nun -, Eure Schwester reist ja sehr feudal", sagte Lady Tottingham herablassend und betrachtete die Gestalt, die vor dem Wagen stand.

„Und sie ist exquisit gekleidet. Die Königin muss einen Narren an ihr gefressen haben."

„Ihre Majestät schätzt die Dienste meiner Schwester sehr", sagte ich und fügte hinzu: „Es war sehr wohlwollend von ihrer Majestät, dass sie sie hierher hat reisen lassen."

Lady Tottingham drehte sich abrupt um und warf mir einen verärgerten Blick zu.

Sie biss sich auf die Lippen, ging zu ihrem Frisiertisch und sah in den Spiegel.

„Nun, ich hoffe, Ihr habt nicht zu viel versprochen."

Der Butler erschien und kündigte Rowena an.

Sie trat in den Raum, machte einen Knicks und wartete, bis sie angesprochen wurde.

„So, Ihr seid also die Schwester, der guten Catherine hier?"

„Ja, Madame", sagte Rowena, sah zu mir herüber und lächelte.

„Und wie ich höre, ist die Königin sehr zufrieden mit Euch?"

„Ja, Madame."

„Nun, das werden wir noch sehen, ob auch ich mit Euch zufrieden bin", sagte die Gräfin in einem unfreundlichen Ton, und Rowenas Lächeln verschwand.

„Ihr werdet mit einer Kammer bei der Dienerschaft vorliebnehmen! Catherine wird Euch zeigen, wo es ist."

Sie warf mir einen Blick zu, und ich ging zu meiner Schwester. Rowena machte noch einmal einen Knicks und bedankte sich. Wir verließen den Raum.

Draußen umarmten wir uns überschwänglich.

„Oh, ich freue mich so, dass du hier bist! Wir haben uns Jahre nicht gesehen. Und lass dich anschauen. Der Hof scheint dir gut zu bekommen."

Ich trat einen Schritt zurück und betrachtete den Mantel und das Kleid meiner Schwester.

„Ach liebe Catherine, auch ich bin so froh, dich wieder zu sehen."

Wir umarmten uns erneut.

„Ich zeige dir jetzt deine Kammer."

Wir stiegen mehrere schmucklose Treppen empor und kamen ins Dachgeschoß, wo sich die Räume der Dienerschaft befanden.

Meine Schwester bekam eine Kammer für sich allein. Es gab nur eine schlichte Schlafstätte, eine Truhe für Kleidung und einen Schemel, keinen Kamin.

Rowena schaute sich um und sah mich fragend an.

„Du bist bei Hof sicher etwas anderes gewöhnt. Mein Raum sieht auch so aus."

„Nun ja, ich dachte, dass ich zumindest ein Gästezimmer bekommen würde."

Sie stellte ihre Tasche ab und sah sich noch einmal in dem leeren Raum um.

„Wo soll ich die Tinkturen anfertigen? Es gibt hier kein Wasser, und ich benötige eine Feuerstelle."

„Ich könnte die Köchin bitten, dir ein wenig Raum in der Küche frei zu machen."

„Ja, das würde wohl gehen. Aber ich brauche hier einen Tisch und einen Stuhl."

„Das werde ich veranlassen."

„Ich hatte eben den Eindruck, dass sich Lady Tottingham nicht freut mich zu sehen. Darüber bin ich etwas verwirrt, schließlich habe ich eine lange Reise auf mich genommen und das im Februar, nur um ihr behilflich zu sein. Ganz zu schweigen, von der Großzügigkeit Ihrer Majestät."

„Ja, ich weiß! Lady Tottingham ist nicht von freundlichem Wesen. Kaum jemand mag sie. Sie ist noch sehr jung, ihr Mann verstarb vor einigen Jahren auf dem Schlachtfeld, da war sie gerade einmal 19 Jahre alt und mit dem Viscount schwanger, den sie nun allein aufziehen muss, nun ja, mit Hilfe des Personals. Der Kleine bekam vor einigen Wochen die Windpocken, und sie steckte sich bei ihm an. Sie behielt Narben im Gesicht und weinte unaufhörlich. Mit gerade mal 23 Jahren fühlt sie sich für ihr Leben entstellt. Ich hatte sie zuvor noch nie weinen sehen, und sie tat mir leid. Daraufhin schrieb ich dir. Als sie sich wieder beruhigt hatte, schnauzte sie mich an, da sie es nicht ertragen konnte, dass ich gesehen hatte, dass sie sich eine Schwäche leistete. Sie verbot mir jemals darüber zu sprechen. Nun ja, jetzt habe ich es dir gesagt, aber ich weiß, dass du schweigen kannst."

„Lass bitte alles Gepäck von mir hier heraufbringen."

„Ja! Ich spreche schnell mit der Köchin und bin gleich wieder da. Danach führe ich dich ein wenig herum."

Ich umarmte sie und verließ die Kammer.

o

Am nächsten Morgen wurde Rowena zu Lady Tottingham gerufen.

„Und Ihr meint, die Narben würden vollständig entfernt?", fragte die Lady.

„Ja, Mylady. Windpocken hinterlassen nicht so tiefe Narben, wie die schwarzen Pocken, die ich nur lindern kann. Eure Narben sind nur oberflächlich. Es könnte mir gelingen, sie vollständig verschwinden zu lassen."

„Verschwinden lassen? Das klingt ja wie Hexenwerk, Hokus Pokus und weg sind sie?"

Rowena erschrak und blickte mich an.

„Mylady, ich habe die Kenntnisse über die Heilkräfte der Pflanzen von meiner Großtante gelernt. Sie war keine Hexe! Ebenso bin ich keine! Kräuter und deren Kombinationen, also die Rezepturen, bewirken etwas. Man muss wissen, was man wofür verwendet, das ist die ganze Kunst, keine Hexerei."

„So genau wollte ich das gar nicht wissen", sagte Lady Tottingham ungehalten, „wie geht es also weiter?"

„Zunächst werde ich Euer Gesicht reinigen, danach kann es etwas gerötet sein, aber das ist ganz normal. Dann werde ich die spezielle Tinktur auftragen. Das wird danach ziemlich brennen, aber das zeigt die Wirkung. Einen Tag später werde ich erneut die Tinktur auftragen und dann noch einmal. Danach wird Euer Gesicht sehr schmerzen. Das müsst Ihr aushalten! In den Tagen danach wird die Haut aufplatzen. Ihr könnt Euch während der Behandlung nicht in der Öffentlichkeit zeigen und Ihr dürft Euch nicht dem Sonnenlicht aussetzen."

„Ja, ja, ja", unterbracht die Lady ungeduldig, „wann werde ich dann wieder gut aussehen?"

„Mylady, Ihr müsst Geduld haben und wie ich sagte, es wird sehr schmerzhaft sein und nach Möglichkeit solltet Ihr in dieser Zeit die Spiegel entfernen lassen, da Ihr Euch erschrecken werdet. Aber nach etwa 10 Tagen wird es besser. Die Haut schält sich nach und nach ab und eine neue Haut ohne Narben kommt zum Vorschein. Dann müsst Ihr regelmäßig eine Salbe verwenden, die die neue Haut schützt und feucht hält. In einem Monat ist alles vorbei."

„Gut, gut, dann fangt an!"

„Mylady, habt Ihr alles verstanden, was ich Euch sagte? Ihr müsst Euch darüber im Klaren sein, dass es sehr unangenehm wird. Ist es Euch das wert?"

„Was? - Ja, ja."

Lady Tottingham betrachtete sich im Spiegel und schien gar nicht richtig zugehört zu haben.

Rowena und ich sahen einander an.

„Ich muss zunächst die Salben und Tinkturen zubereiten, wir beginnen heute Abend."

„Ihr könnt gehen", sagte Lady Tottingham und Rowena verließ den Raum.

Die Köchin hatte Rowena einen Bereich in der geräumigen Burgküche zugewiesen, wo sie ihre Rezepturen herstellen konnte. Als Rowena mit ihren Steintöpfen, Tiegeln und Mörsern hantierte, schaute die

Köchin immer wieder verstohlen zu ihr herüber. Es wurde gerührt, erhitzt, gemischt, gemahlen und Dämpfe stiegen auf.

Als die Köchin dabei war, einen Brotteig zu kneten, gesellte sich die Hilfsköchin zu ihr und flüsterte ihr ins Ohr: „Das sieht mir sehr nach Hexenwerk aus, findet Ihr nicht auch?"
„Ja, haltet Abstand von dieser Frau. Wer weiß? Es könnte gefährlich sein, mit ihr in Verbindung gebracht zu werden."
Die Hilfsköchin nickte, ging zurück zum Ofen und rührte weiter in einem Fleischeintopf.

Am Abend begann Rowena mit der Behandlung und verließ danach die Gemächer der Gräfin.

o

Am nächsten Morgen ging ich zu meiner Schwester und sagte: „Das Gesicht der Lady ist rot und juckt. Sie jammert herum. Du solltest es dir ansehen."
„Ach Du meine Güte, wenn sie jetzt schon zetert, wie wird es erst in ein paar Tagen sein? Wenn Sie die Behandlung nicht versteht, sollte ich lieber alles abblasen."
„Ach, bitte versuche es. Sie ist immer etwas schwierig. Aber wenn es überstanden ist und sie sich wieder schön fühlt, wird sie vielleicht etwas versöhnlicher sein."

Rowena und ich gingen hinunter und durchquerten die große Halle des Schlosses, als uns ein Mann über den Weg lief.

„Hallo, Mr. Abbot", sagte Rowena, „ich hoffe, man hat Euch gut untergebracht?"
„Ja, Miss Bell, ich habe mein Quartier beim Kutscher."
„Darf ich Euch meine Schwester Catherine vorstellen, sie ist Kammerzofe bei Lady Tottingham."
Und mir zugewandt sagte sie: „Das ist John Abbot, Leibgardist der Königin. Ihre Majestät gab ihn mir zum Geleit, um mich zu beschützen."
„Oh, das ist sehr freundlich von ihrer Majestät", sagte ich und lächelte ihn an.
John verbeugte sich und erwiderte mein Lächeln. Ich wäre gern noch etwas in seiner Nähe geblieben, aber mir fiel die Herrin ein und ich sagte: „Die Lady wird bestimmt ungeduldig. Wir müssen hinauf."

Als wir die Gemächer der Lady betraten, ging diese im Zimmer auf und ab.
„Na endlich, da seid Ihr ja! Mein Gesicht ist ganz rot und es juckt fürchterlich."
„Mylady, das ist ganz normal. Ihr dürft auf keinen Fall daran kratzen. Ich sagte Euch gestern, dass es unangenehm wird. Und es wird noch viel schlimmer werden. Soll ich wirklich mit der Behandlung fortfahren?"

„Wenn es die Königin ertragen hat, dann kann ich es erst recht!", bellte die Lady.

„Gut, dann machen wir weiter", sagte Rowena und holte ein Fläschchen aus ihrer Ledertasche.

„Dies ist nun die starke Tinktur. Soll ich sie auftragen?"

„Macht, macht, damit ich es hinter mir habe!"

Rowena trug mit einem sauberen Tuch die Flüssigkeit auf und packte ihre Sachen wieder ein. Niemals ließ sie ihre Tinkturen unbeaufsichtigt herumstehen.

„Lasst mich rufen, wenn Ihr es nicht mehr aushalten könnt, dann gebe ich Euch eine Salbe."

Wir verließen den Raum.

„Die Lady braucht mich im Moment nicht", sagte ich, „lass uns einen Spaziergang durch den Garten machen. Wir könnten auch am Ufer des Sees entlang gehen."

„Ja, ich hole meinen Umhang. Wir treffen uns in der Halle."

Ich führte Rowena durch den Park. Wir spazierten an den Beeten entlang, die nun im Winterschlaf lagen.

„Dort hinten an der Felswand befindet sich das Mausoleum der Familie Tottingham", sagte ich und deutete auf ein imposantes Steinportal, das mit Ornamenten verziert war. Eine schwere Eichentür versperrte den Zugang.

Rowena betrachtete es.

„Es wirkt nicht so, als ob dort viele Tottinghams Platz hätten."

„Das täuscht. Man hat es vor ungefähr 200 Jahren angelegt, als auch die Burg errichtet wurde. Du siehst nur das Portal, aber drinnen befindet sich eine Höhle, die weit in den Felsen ragt. Da können noch hunderte von Tottinghams ihre letzte Ruhe antreten."

Wir gingen zurück zur Burg, wandten uns dann nach links, um das Ufer des Sees zu erreichen.

„Ich glaube, John hat dir gut gefallen, liebe Schwester?"
Ich erschrak und spürte wie ich errötete.

„Nun ja, er ist ein stattlicher Mann und er hat so ein freundliches Gesicht", antwortete ich.

„Hast du nie daran gedacht, dich zu vermählen?"

„Mir ist nie jemand begegnet, den ich hätte heiraten können. Du weißt doch wie es für Dienstpersonal ist. Wenn man heiratet, fliegt man raus, und wo sollte ich hier jemanden kennenlernen. Der Ort ist klein, kaum jemand reist hierher, es gibt Bauern und Handwerker, das wäre nichts für mich. Was weißt du über diesen Abbot?"

„Er ist seit einigen Jahren in Diensten Ihrer Majestät. Ihm gehört ein kleines Landgut in Yorkshire, das er von seinem verstorbenen Vater geerbt hat, und er ist unverheiratet," sagte Rowena und grinste mich an.

„Und Du?", fragte ich, „Gab es bei Hofe niemanden, der dich interessiert hätte?"

„Ach Catherine, du weißt nicht wie es dort ist. Ich bin nicht von Adel. Ich habe zwar Zutritt zur Königin, gehöre aber nicht zu diesem Kreis. Außerdem mag ich meine Arbeit und gebe zu, dass ich die Privilegien genieße. Für meinen Stand käme nur jemand aus der Dienerschaft in Frage und dann müsste ich meine Arbeit aufgeben. Nein, ich liebe das was ich tue zu sehr."

Wir gingen eine Weile schweigend am See entlang, bis wir eine Fischerkate erreichten und blieben stehen.

Rowena betrachtete die Landschaft.

„Eine seltsame Gegend. Dieser langgestreckte See und dort drüben, auf der anderen Seite, die steile Felswand, die regelrecht bedrohlich auf mich wirkt. Und hier auf dieser Seite ist alles flach."

„Und ganz dahinten gibt es ein Moor."

„Das du hier leben kannst?"

„Ich bin ja meist in der Burg, wo es immer etwas zu tun gibt. Und im Sommer ist es ganz nett hier. Der Boden ist übersäht von Buschwindröschen und im Frühjahr wachsen hier unzählige Bluebells. Das liegt wohl am feuchten Boden. Ich zeige dir eine geschützte Stelle, da gibt es schon welche."

Wir gingen um das Haus herum und bogen in ein Wäldchen ein.

„Dort siehst du? An der alten Steinmauer, da fängt sich das Sonnenlicht und hier blühen immer die ersten."

„Oh, wie schön, ja, dort sind schon ein paar."

„Wenn in den nächsten Tagen die Sonne scheint, ist hier in einer Woche alles blau."

o

Wir kehrten zum Schloss zurück und wurden von einem aufgeregten Zimmermädchen am Eingang erwartet.

„Die Lady tobt! Ihr müsst sofort zu ihr."

„Ich kann mir denken, was los ist", sagte Rowena, „ich hole schnell meine Tasche aus der Kammer und komme gleich nach."

Ich eilte zu meiner Herrin, die nervös im Zimmer auf und ab ging.

„Da seid Ihr ja! Wo habt Ihr Euch herumgetrieben? Ihr habt immer in Rufweite zu bleiben!"

„Verzeiht, Mylady, ich nahm an, Ihr würdet ein wenig ruhen und bin am See entlang spaziert."

„Papperlapapp!"

In diesem Moment trat Rowena ein.

„Ich halte das nicht aus!", schrie ihr die Lady entgegen.

„Bitte beruhigt Euch", sagte Rowena sanft, „ich gebe Euch eine Salbe, die wird das Brennen und Jucken etwas lindern. Aber sie verzögert auch die Behandlung."

„Das ist mir egal! Ich halte es nicht aus. Ihr foltert mich!"

„Aber, Mylady", mischte ich mich ein, „meine Schwester hat es Euch doch erklärt, wie es sein wird."

„Ihr wagt es, mich zurechtzuweisen?", brüllte sie mich an.

Ich machte einen Knicks, sah zu Boden und sagte: „Verzeiht, Mylady. Das war nicht meine Absicht."

Rowena hatte inzwischen ein Steintöpfchen geöffnet, in dem sich eine weiße Paste befand.

„Mylady, bitte nehmt Platz. Ich trage Euch etwas davon auf. Bitte zeigt mir, wo es am schlimmsten ist."

„Überall", schrie die Gräfin.

Rowena tupfte nun auf ein paar Stellen, wo sich kleine Pusteln gebildet hatten, die Salbe auf.

„Ich muss heute Abend noch einmal etwas von der Tinktur auftragen, um die Behandlung fortzusetzen, sonst wird sich der Effekt nicht einstellen. Die Narben werden vielleicht etwas schwächer ausgeprägt sein, aber sie werden nicht verschwinden. Wenn Ihr sie loswerden wollt, muss ich fortfahren. Soll ich die Behandlung wirklich fortsetzen?"

Die Gräfin stand auf und ging zum Fenster. Sie ballte die Fäuste und sagte: „Ich will, dass die Narben verschwinden. Koste es, was es wolle!"

„Gut, dann werde ich heute Abend nach dem Dinner zu Euch kommen."

Rowena machte mir ein Zeichen, ihr zu folgen, und wir verließen den Raum.

Draußen flüsterte sie mir zu: „Wieso sind noch alle Spiegel da? Ich sagte doch, man solle sie entfernen!"

„Die Lady wollte es nicht."

„Aber es wird Probleme geben. Sie ist jetzt schon so aufgebracht. Wenn ich heute Abend die zweite Schicht auftrage, wird sie morgen und in den nächsten Tagen fürchterlich aussehen. Das darf sie nicht sehen."

„Was soll ich denn machen? Sie hat es untersagt."

Rowena schüttelte den Kopf: „Das ist nicht gut!"

Beim Dinner im Gesindespeiseraum saßen wir mit John zusammen und plauderten. Zwischen John und mir entwickelte sich etwas. Wir wechselten ständig Blicke und lächelten einander an.

Ich glaube, Rowena hatte es bemerkt, denn sie mischte sich kaum in unsere Unterhaltung ein.

Aber dann sagte sie: „Ich mache mir Sorgen! Gleich werde ich die Behandlung fortsetzen. In den nächsten Tagen wird es schwierig. Sie ist jetzt schon so wütend."

„Aber du hast sie immer wieder gefragt, ob du weiter machen sollst, und sie will es so."

„Ja, du hast Recht. Wenn sie nur ein paar Tage durchhält. Nach 10 Tagen ist es vorbei und sie wird schöner sein als je zuvor. Aber ich bin mir nicht sicher, ob sie das glaubt."

o

Als ich am nächsten Morgen das Gemach meiner Herrin betrat, stand eine schwarz gekleidete Gestalt mitten im Zimmer. Das Gesicht war mit einem schwarzen Schleier bedeckt.

Mir stockte für einen Moment der Atem, als die Gestalt den Schleier vom Gesicht zog.

„Schaut, was Eure Schwester mir angetan hat!"
Ich wich einen Schritt zurück, der Anblick der Gräfin war kaum zu ertragen. Niemals hatte ich so etwas gesehen. Ihr Gesicht war tief rot, fast violett, mit Pusteln übersäht, an einigen Stellen eingerissen.

„Oh, Mylady, ich weiß nicht, was ich dazu sagen soll."

„Holt mir unverzüglich dieses Weib her!"

Ich wandte mich ab und rannte die Treppen zur Kammer meiner Schwester hinauf. Als ich völlig außer Atem die Kammer betrat, sah Rowena mich erstaunt an. Sie war bereits angezogen und rührte in einer Creme.

„Du meine Güte, was ist denn los? Ist jemand hinter dir her?"

Ich brauchte einen Moment, bis ich ein Wort herausbringen konnte.

„Die Gräfin! Ihr Gesicht!"

„Ja, ich kann mir vorstellen, dass sie schlimm aussieht. Das habe ich ja gesagt. Reg dich nicht auf. Alles wird gut."

„Aber ihr Gesicht ist völlig zerstört. Niemals habe ich so etwas gesehen. Kann es sein, dass du dich in der Rezeptur geirrt hast?"

„Nein, selbstverständlich nicht!"

Rowena verschloss den Tiegel, in dem sie gerührt hatte und verstaute ihn in ihrer Tasche.

„Ich wollte sowieso gerade zu ihr."

Wir begaben uns zu den Gemächern der Gräfin und trafen im Gang davor auf vier Wachmänner. Ich wunderte mich darüber, denn niemals hielten sich die Wachen hier oben auf.

Was konnte das bedeuten?

Als Rowena das Zimmer der Gräfin betrat, stand die Lady am Fenster, den Schleier hielt sie in Händen.

„Mylady, wie geht es Euch heute Morgen? Habt Ihr eine ruhige Nacht gehabt?", fragte Rowena.

Lady Tottingham drehte sich um, ging auf meine Schwester zu und beugte sich vor. Dann zeigte sie auf ihr Gesicht und schrie: „Seht! Seht, was Ihr angerichtet habt!"

Rowena blieb ganz ruhig, sie sagte mir später, dass sie den Anblick kannte. Es sei eine normale Reaktion auf die Behandlung.

„Mylady, ich weiß, es ist unangenehm, aber es geht vorüber. Ich habe hier eine Salbe, das lindert ein wenig die Schmerzen."

Rowena griff in ihre Tasche und holte das Töpfchen mit der Salbe hervor. Noch bevor Rowena es öffnen konnte, schlug es ihr die Gräfin aus der Hand und es zerbrach krachend auf dem Steinboden.

„Ihr glaubt doch nicht, dass ich jemals wieder eine Eurer Hexensalben an mich heranlasse!"

Dann ging sie schnellen Schrittes zur Tür und rief: „Wachen! Ergreift sie!"

Die Männer kamen herein und ergriffen meine Schwester.

„Mylady! Mylady! Was macht Ihr denn? Alles wird gut werden, so glaubt mir doch!", rief Rowena.

„Werft sie in den Kerker!"

„Nein, Mylady, nein!", rief ich und schlug mir die Hände vors Gesicht.

Die Männer verließen mit der sich windenden Rowena den Raum.

Ich warf mich vor meine Herrin auf die Knie und flehte: „Mylady, ich habe Euch immer treu gedient! Ich bitte Euch, verschont meine Schwester! Sie wollte Euch doch nur helfen!"

Lady Tottingham gab mir einen Tritt und sagte: „Verschwindet! Verlasst sofort die Burg, sonst werdet auch Ihr im Kerker landen! Immerhin habt Ihr mir diese Hexe ins Haus geholt!"

Ich erschrak und erhob mich.

Die Lady warf sich wieder das Tuch über ihr Gesicht und ging zum Fenster.

Ich war völlig verstört und verließ den Raum.

Wie betäubt ging ich die Stufen zur großen Halle hinunter, als mir John begegnete.

„Was ist Euch?", fragte er. „Ihr seid ja ganz weiß im Gesicht."

„Rowena! Rowena", stammelte ich, „man hat sie verhaftet und in den Kerker gebracht."

„Was? Wieso?"

„Ihr wisst, dass meine Schwester die Gräfin behandelt? Irgendetwas scheint schief gelaufen zu sein, obwohl meine Schwester sagt, dass alles in Ordnung ist. Aber die Lady ist sehr aufgebracht und hat Rowena in den Kerker werfen lassen."

„Wisst Ihr, wo das ist? Ich werde sie da rausholen. Ihre Majestät hat mir den Auftrag gegeben, sie zu beschützten, und ich werde diesen Auftrag ausführen."

„Ich zeige es Euch, dort entlang."

Wir durchquerten die Halle. Am Ende befand sich ein langer Gang und an dessen Ende eine Eichentür. Dahinter ging es in den Turm, eine Wendeltreppe führte nach oben, eine nach unten.

„Wir müssen da runter", sagte ich und raffte meine langen Röcke, um auf den schmalen Stufen nicht zu straucheln.

Es ging sehr tief hinunter und es wurde immer kälter, bis wir den Bereich des Kerkers erreicht hatten. Dort erschien ein Wachmann.

„Wer da?"

John stellte sich vor mich und sagte zu mir: „Bleibt zurück und verlasst sofort das Schloss."

„Aber…"

„Macht, was ich Euch gesagt habe!", schrie er mich an.

Ich drehte mich um und ging ein paar Stufen die Treppe hinauf.

„Geht mir aus dem Weg!", rief John dem Wachmann entgegen und zog sein Schwert.

Dieser zog ebenso seine Waffe und die beiden begannen zu kämpfen. Nach wenigen Hieben war der Wachmann überwältigt und John sah sich vier weiteren Wachleuten gegenüber. Auch gegen diese konnte er sich zur Wehr setzten. Nur die besten Kämpfer stiegen zur Leibgarde der Königin auf. Doch plötzlich traf ihn ein Pfeil, und er sank zu Boden. Jemand hatte aus dem Hinterhalt auf ihn geschossen. Man entwaffnete ihn und schleppte ihn in den Kerker. Der Pfeil hatte seine Schulter durchbohrt.

o

Gegen Abend wurde mir die schwere mit Eisen beschlagene Tür zu Rowenas Zelle geöffnet und ich trat ein. Rowena kauerte in einer Ecke am Boden, sprang jedoch sofort auf, als sie mich erkannte.

Der Wachmann schloss die Tür von außen. Rowena umarmte mich überschwänglich.

„Vorsicht", sagte ich, „ich habe einen Krug Wein unter dem Cape."

Ich zog ihn hervor und reichte ihn meiner Schwester.

„Dich schickt der Himmel!", sagte sie und trank gierig ein paar Schlucke.

„Seit man mich heute Morgen hierher gebracht hat, habe ich niemanden mehr gesehen. Ich hörte Tumult und John Abbots Stimme, dann war es ruhig."

„John hat versucht dich zu befreien. Er wurde jedoch überwältigt. Ich kam mit ihm hier herunter, aber er schickte mich fort. Ich bin ein paar Stufen hinaufgelaufen, kam dann wieder herunter und verbarg mich in einer Ecke. Ich sah, wie John aus dem Hinterhalt durch einen Pfeil getroffen wurde. Dann hat man ihn fortgetragen. Ich weiß nicht, was aus ihm geworden ist."

Ich war den Tränen nah, als ich es erzählte.

Dann besann ich mich: „Schau, ich habe dir eine Decke und etwas Brot mitgebracht."

„Danke, du bist ein Engel."

Rowena breitete die Decke in einem trockenen Bereich der Zelle aus und sagte: „Komm, lass uns ein wenig hinsetzen."

Wir nahmen Platz, und ich sah mich um.

„Du hast hier ja Garnichts. Wie unmenschlich ist das?"

„Wie ist es dir ergangen, nachdem ich verhaftet wurde?"

„Als ich protestierte, hat mich die Lady sofort des Hauses verwiesen. Ich musste meine Sachen packen. Aber ich habe Freunde im Schloss. Sie halfen mir, und wir haben alle deine Sachen in die Kutsche der Königin gepackt. Ich habe eine Kammer im Wirtshaus gemietet und alles dorthin schaffen lassen. Der Kutscher war sehr behilflich. Der Wagen und die Pferde befinden sich im Stall der Herberge. Der Kutscher kümmert sich darum."

„Wenn man dich fortgeschickt hat, wie konntest du jetzt zu mir kommen?"

„Auch da waren die Diener behilflich, und den Wachleuten habe ich ein paar Münzen gegeben."

Rowena biss ein Stück von dem Brot ab und trank etwas Wein.

Ich betrachtete sie einen Moment und sagte: „Was habe ich dir nur angetan? Ich bin schuld! Ich bin schuld, dass du nun hier sitzt!"

Rowena setzte den Krug ab.

„Nein, das darfst du nicht sagen!"

Sie packte mich an den Schultern und schüttelte mich: „Hast du mich verstanden? Du darfst dir das nicht einreden! Du wolltest helfen, genauso wie ich. Niemand konnte ahnen, dass sich so viel Dummheit in einem Menschen vereint."

Rowena biss noch einmal von dem Brot ab und sagte: „Die Königin wird einschreiten. Ich muss hier nur durchhalten. Dann wird es vorüber sein. Du wirst sehen."

Ich sah sie an.

„Du schaust ja so besorgt", sagte sie, „mir passiert nichts. Ihre Majestät hat mich immer geschützt."

„Aber Rowena! Die Königin ist weit entfernt. Bis sie davon erfährt, ist alles vorüber."

„Was meinst du damit - vorüber."

Ich zögerte.

„Sag schon!"

„Dein Prozess wird schon morgen sein, hier im Schloss. Sie bauen in der großen Halle schon Tische und Bänke auf."

„Was soll denn das heißen? Das kann sie doch nicht tun?"

„Doch sie kann! Der Earl, der die Gerichtsbarkeit in dieser Grafschaft vertrat, ist tot. Der Sohn und Erbe ist noch ein Kind. Lady Tottingham hat nun die Gewalt zu richten."

„Aber ich habe den königlichen Schutzbrief!"

„Man sagte mir, der sei hier ungültig."

„Aber das ist doch Unsinn. Wie befinden uns immer noch im Reich Ihrer Majestät!"

Rowena stand auf und ging nervös in der Zelle auf und ab.

„Man hat mir erzählt, dass man dich wegen Hexerei anklagen will. Das ist eine ernste Anklage und man wird Beisitzer berufen. Der Bischof und der Ortsrichter werden teilnehmen. Vielleicht kannst du diese Herren überzeugen für dich einzutreten. Aber das letzte Wort hat die Lady."

Rowena nickte nervös.

Ich sah ihr eine Weile zu, wie sie, wie ein eingesperrtes Tier unaufhörlich auf und ab lief.

„Rowena, könnte es nicht doch sein, dass du dich in der Rezeptur geirrt hast?"

Sie blieb abrupt stehen und rief: „Nein! Ich weiß, was ich tue! Diese Behandlung habe ich schon oft durchgeführt und alles ging nach Plan. Wenn diese dumme Frau nur etwas Geduld hätte, dann würde sie es sehen."

Rowena begann zu weinen. Ich stand auf und nahm sie in meine Arme.

Unter Tränen stammelte sie: „Zweifelst du nun auch noch an mir?"

„Nein. Nein", ich küsste sie, „nein, ich zweifle nicht an dir."

Dann umfasste ich ihr Gesicht mit meinen Händen und flüsterte: „Aber wäre es nicht besser, du würdest das sagen? Sag, dass du einen Fehler gemacht hast, dass du der Gräfin nicht schaden wolltest. Sag, dass es ein Unfall war! Dann würde man dich vielleicht zu einer

Gefängnisstrafe verurteilen. Ich hätte Zeit, die Königin zu informieren und du kämst wieder frei."

„Aber es stimmt nicht! Wenn ich das sage, wird es sich herumsprechen und ich würde meine Reputation verlieren. Niemals wieder, würde eine Dame mich an sich heranlassen!"

„Aber Rowena, wenn du es nicht als Versehen darstellst, wirst du noch etwas viel Wichtigeres verlieren."

Rowena schien aufzuwachen.

„Das kann nicht sein! Ich bin mit Erlaubnis der Königin hier, sie schätzt meine Dienste. Sie können das nicht tun!"

„Du weißt doch welche Strafe auf Hexerei steht! Und du weißt, wie sie dich dazu bringen können, es zu gestehen, dass du Hexerei angewandt hast!"

Rowena wurde wütend: „Nein, das ist unmöglich, das kann sie nicht wagen!"

Wir erschraken beide, als sich die Tür abrupt öffnete und der Wachmann erschien.

„Ihr müsst gehen!"

Ich umarmte noch einmal meine Schwester und flüsterte ihr ins Ohr: „Ich darf morgen nicht dabei sein, aber meine Quellen werden mir alles berichten. Denk noch einmal über meinen Vorschlag nach. Ich bitte dich eindringlich!"

o

Am nächsten Morgen wurde Rowena in die große Halle geführt. Hinter Absperrungen standen Leute aus dem Dorf, um sich das Schauspiel anzusehen. Am Ende der Halle war ein großer Tisch aufgestellt worden, den man auch für Bankette benutzte. Dahinter saß mittig, in schwarz gekleidet und das Gesicht mit einem schwarzen Schleier verhüllt, Lady Tottingham, rechts und links daneben, der Bischof im Ornat und der Ortsrichter. Rowena wurde in die Mitte des Saales geführt. Man hatte ihr die Hände auf dem Rücken zusammengebunden und die Befragung begann.

Ich wartete an einem Seiteneingang des Schlosses. Stunden vergingen, bis die Tür aufging und ein älterer Hausdiener, mit dem ich befreundet war, erschien. Seine Miene versprach nichts Gutes.

„Nun?"
Er sah traurig zu Boden und schüttelte den Kopf.
Ich fasste ihn bei den Schultern und schüttelte ihn.
„So redet doch!", schrie ich ihn an.
„Man hat sie zum Tode verurteilt."
Ich strauchelte, aber der Freund hielt mich fest.
„Kommt, lasst uns dort hinten Platz nehmen, dann berichte ich Euch alles", sagte er und führte mich von der Tür fort, zu einer Mauer an der eine Bank stand.
Er erzählte, dass man Rowena der Hexerei angeklagt habe und dazu Zeugen verhört worden seien. Vor allem das Küchenpersonal habe bezeugt, das es Hexenwerk

gewesen sei, was sie dort in der Küche gemacht habe. Dämpfe in seltsamen Farben seien aufgestiegen und es gab Gerüche, die sie niemals zuvor wahrgenommen hätten. Und dann äußerte sich die Lady. Sie riss sich zu einem günstigen Zeitpunkt den Schleier vom Gesicht und wehklagte, was man ihr angetan habe. Alle im Raum erschraken, einige Frauen schrien auf.

Dann fragte der Bischof Rowena, ob sie dafür verantwortlich sei. Sie bejahte es und wollte eine Erklärung abgeben, aber man ließ es nicht zu.

Der Ortsrichter sagte dann, da man ein Geständnis habe, könne man auf die peinliche Befragung, also die Folter, verzichten. Dann bekannte das Gericht Rowena der Hexerei für schuldig, und sie wurde in ihre Zelle zurückgebracht.

„Wie…", stammelte ich, „wie?"

„Durch Ertränken, denke ich", sagte der Diener, „sie sagten, sie würde auf den Hinrichtungsplatz oben auf der hohen Klippe verbracht und den Fluten des Sees überlassen."

Der Diener zögerte einen Moment.

„Und..., es wird schon morgen passieren. Eure Schwester war schon abgeführt worden, als Ihre Ladyschaft es dem Richter befahl."

Ich begann zu weinen und verbarg mein Gesicht in meinen Händen. Als ich mich ein wenig beruhigt hatte, fiel mir etwas ein, und ich sagte zu dem Diener: „Ich muss den Richter oder den Bischof um Gnade bitten! Bei Ihrer Ladyschaft macht es keinen Sinn."

„Seid vorsichtig, bevor Ihr auch in den Fokus dieser Leute geratet."

„Ich muss es versuchen! Danke, Ihr wart mir immer ein Freund, ich danke Euch."

Ich kehrte zum Dorf zurück und lief zum Wohnsitz des Bischofs.

Nachdem ich den schweren Türklopfer benutzt hatte, wurde mir die Tür von einem alten Mann geöffnet.

Ich sagte: „Mein Name ist Catherine Bell, ich bin die Schwester der verurteilten Rowena Bell und muss dringend den Bischof sprechen."

„Der Bischof hat jetzt keine Zeit."

„Bitte, ich bitte Euch, es geht um Leben und Tod!"

Der Diener zögerte und sagte: „Wartet hier, ich melde Euch an."

Kurz darauf kam er zurück und sagte: „Ich darf Euch vorlassen, kommt."

Ich wurde durch eine Halle geführt und betrat einen prächtig ausgestatteten Raum, in dem der Bischof an einem sehr großen Tisch aus schwerem Holz über Papieren saß.

Ich machte einen tiefen Knicks, sah zu Boden und wartete, bis ich angesprochen wurde.

„Was kann ich für Euch tun, mein Kind?"
Ich erhob mich.

„Meine Schwester wurde heute zum Tode verurteilt. Bitte habt Erbarmen!"

„Aber sie ist eine Hexe!"

„Nein, Sir, sie ist keine Hexe, ebenso wenig wie ich oder Ihre Ladyschaft."

Der Bischof runzelte die Stirn.

„Ich war Kammerzofe bei Lady Tottingham und habe ihr lange gedient. Ich wollte nur helfen und habe meine Schwester kommen lassen."

„Das Ergebnis habe ich gesehen. Niemals zuvor habe ich ein so zugerichtetes Gesicht erblickt. Das kann nur Hexenwerk gewesen sein oder ein unbändiger Hass auf andere Frauen, was ebenso verwerflich wäre."

„Aber ich schwöre Euch! Meine Schwester wollte der Lady niemals schaden. Vielleicht war es ein Unfall, ein Fehler in der Rezeptur."

„Eure Schwester hat ganz klar und deutlich gesagt, dass das Ergebnis gewollt gewesen ist. Sie hat das Gesicht von Lady Tottingham in vollem Bewusstsein zerstört."

„Nein, es ist ganz anders!", rief ich verzweifelt und warf mich wieder auf die Knie.

„Wäre es möglich, das Urteil in Haft umzuwandeln oder zumindest die Vollstreckung für ein paar Wochen aufzuschieben?"

„Nein. Lady Tottingham hat nach dem Tod des Earl die Entscheidungsgewalt und sie will, dass das Urteil morgen früh vollstreckt wird."

Ich fing an zu weinen.

Der Bischof, dem weibliche Emotionen offensichtlich unangenehm waren, nickte dem Diener zu, der mich entfernen sollte.

Dieser packte mich fest am Arm und zerrte mich zur Tür, aber ich riss mich los und warf mich dem Bischof zu Füßen.

„Dann gewährt mir bitte eine letzte Unterredung mit meiner Schwester."

Der Bischof zögerte, dann nahm er ein Papier, kritzelte etwas darauf und setze sein Siegel darunter.

Ich stand auf.

„Hier!"

Der Bischof warf mir das Schriftstück vor die Füße.

„Das ist ein Passierschein für die Wachen. Man hat Eure Schwester in den Hexenturm gebracht. Ihr wisst, wo das ist?"

Ich nickte und hob das Schriftstück auf.

„Denkt nicht, Ihr könnt Eure Schwester befreien. Ein Wachmann wird während des Gesprächs dabei sein, das habe ich verfügt. Nun geht."

Der Bischof blickte wieder in die Papiere, die vor ihm lagen und ich verließ das Haus.

Ich rannte zur Herberge, eilte in meine Kammer und holte Rowenas Ledertasche hervor. Ich sah die Fläschchen und Tiegel durch. Die Lage war aussichtslos, ich konnte sie nicht retten, aber vielleicht würde ich ein Mittel finden, dass ihr den Übergang erleichtern würde.

Mir schien nichts geeignet zu sein. Ich kannte mich zu wenig aus, um selbst etwas herstellen zu können. Resigniert nahm ich nur einen Krug Wein und etwas Brot und ging zum Hexenturm. Er stand abseits des Dorfes am Fuß der Felswand. Dort wo der Weg hinauf zum Hinrichtungs-Platz führte und Rowena morgen ihren letzten Weg nehmen würde.

Ich zeigte einem der Wachen den Passierschein. Er prüfte, ob ich eine Waffe bei mir trug und nahm mir den Wein und den Proviant ab. Dann begleitete er mich zu Rowenas Zelle. Der Hexenturm war noch dunkler und unwirklicher als das Verlies im Schloss. Ich erschauerte, als ich dem Mann durch den, mit Fackeln dürftig beleuchteten Gang folgte. Hier wurden Menschen bis zur Hinrichtung eingekerkert. Ihre Schreie verhallten ungehört.
Die Tür knarrte, ich trat ein. Der Wachmann stellte den Krug und den Proviant am Boden ab und blieb in der geöffneten Tür stehen.

„Catherine!"
Rowena stürzte auf mich zu, und wir umarmten uns innig.
Wir weinten beide. Der Wachmann drehte sich zum Gang um, versperrte aber mit seinem breiten Körper den Ausgang.
Rowena erlangte vor mir ihre Fassung zurück und löste die Umarmung.

„Komm", sagte sie, „wir wollen uns einen Moment niedersetzen."

Wie im Kerker des Schlosses, gab es hier kein Möbelstück, ein schäbiger Sack mit Stroh lag in einer Ecke, dort nahmen wir Platz.

„Hat man es dir erzählt?"

„Ja, ein Freund war Zeuge des Prozesses und hat mir alles berichtet. Warum hast du nicht gelogen und gesagt, dass es ein Versehen war?"

„Das konnte ich nicht, es war kein Versehen und alles wird wieder gut werden. Alles wird abheilen, und sie wird schöner denn je sein."

„Aber Rowena, die Zeit für den Beweis wirst du nicht mehr haben."

Rowena sah mich ungläubig an.

„Was meinst du? Man hat mir das Urteil gesagt, aber es wird bestimmt nicht dazu kommen. In ein paar Tagen, wird die Lady ihren Irrtum entdecken und mich begnadigen."

Ich hatte Angst, es ihr zu sagen und sah betreten zu Boden.

„Ich war beim Bischof und habe eine Umwandlung des Urteils erbeten oder, dass man dir Aufschub gewährt. Erfolglos."

„Um Gottes Willen! Was sagst du denn da?"

Ich sah ihr in die Augen.

„Wann? Wann denn?", schrie Rowena.

„Morgen! Morgen Vormittag."

Rowena wurde kreideweiß. Sie atmete schwer. Mit aufgerissenen Augen und offenem Mund stand sie auf und ging in der Zelle umher.

Dann blieb sie stehen, sah zu Boden und rief aus: „Nein, nein, nein, nein, NEIN!"

Sie ging wieder umher.

„Das dürfen sie nicht tun!"

„Sie werden es tun - liebste Schwester."

Ich sah verstohlen zum Wachmann hinüber, der jedoch mit dem Rücken zugewandt in seiner Position verharrte.

„Ich weiß nicht, wie lange ich hier noch sein darf. Komm zu mir, setz dich. Dies wird unser letztes Gespräch sein."

Rowena zitterte am ganzen Körper und nickte stumm.

Ich zog sie zu mir hinunter.

Rowenas Augen blickten ins Leere. Sie dachte nach. Nun würde es also zu Ende sein. Keine Rettung in Sicht, dann fiel ihr John ein.

„Hast du etwas von John Abbot gehört?"

„Nein, ich nehme an, er ist noch im Verlies des Schlosses. Ich weiß nicht, was man mit ihm vor hat."

Rowena schwieg, ihr Atem ging nun langsamer. Sie nahm mich in den Arm und küsste mich.

„Liebste Catherine, bitte fahre nach Richmond und berichte der Königin, was vorgefallen ist. Ich hoffe, man lässt dich vor. All mein Hab und Gut soll dir gehören. In meinen Gemächern im Palast gibt es einen verschlossenen Schrank, dort habe ich die besonderen Ingredienzien, die niemanden in die Hände fallen dürfen, bitte verbrenne sie. Da liegt auch mein Rezeptbuch, nimm es bitte an dich. Den Schlüssel für den Schrank findest du in einem Versteck in meiner großen Ledertasche. Du musst etwas danach suchen. Ich schenke dir auch meinen schönen blauen Umhang mit den kostbaren Stickereien und dem Pelz. Halte ihn in Ehren, er war ein Geschenk der Königin."

Meine Augen füllen sich mit Tränen.

"Wirst du morgen dabei sein?"

Ich nickte stumm.

"Bitte trage den Mantel. Er wird dich warmhalten und ich kann ihn so noch einmal sehen und mich an die schöne Zeit im Palast erinnern."

Ich schluchzte hemmungslos und Rowena nahm mich in den Arm. Sie schien sich abgefunden zu haben, nun, wo alles hoffnungslos war.

Jetzt drehte sich der Wachmann um und trat einen Schritt in die Zelle.

"Ihr müsst jetzt gehen!"

o

Es war kalt an diesem Morgen. Eine Menschenmenge hatte sich oberhalb des Sees, dort wo die Felswand am höchsten war und steil abfiel, eingefunden. Molland Castle lag in der Ferne und schien wie ein Zeuge zuzusehen.

"Nun? Rowena Bell, hast Du noch etwas zu sagen, bevor das gerechte Urteil über dich vollstreckt wird?", fragte der Richter und sah auf Rowena, die zitternd vor ihm stand.

Man hatte ihr das Wollkleid weggenommen, und sie trug nun ein leichtes einfaches Leinenhemd, das in dem eisigen Wind, der zu dieser Jahreszeit hier oben beständig blies, wie ein Fähnchen an ihrem zarten Körper flatterte. Mit nackten Füßen stand sie in einer länglichen, am Boden liegenden und mit schwarzem Pech ausgestrichenen Holzkiste. Ihre Hände waren auf dem Rücken gefesselt, ebenso trug sie um ihre Fußknöchel ein festes Seil, das rote Streifen auf ihrer zarten Haut hinterließ. Neben dem Richter standen einige Männer, grobe finstere Henkersgesellen, die Werkzeuge in Händen hielten.

Um die bizarre Szenerie hatten sich viele Leute aus dem Dorf, Frauen, Männer und auch Kinder, in einem großen Halbkreis, versammelt, begierig zu sehen, was da nun folgen sollte.

Ich stand vorn, trug den kostbaren blauen Umhang meiner Schwester und hielt ein großes Bündel Hasenglöckchen in den Händen. Mein Gesicht war wie versteinert und Tränen liefen mir über die Wangen.

„Nun?", wiederholte der Richter, „willst du uns noch etwas sagen?"

Rowena blickte ängstlich in die Runde der Gaffer. Dann blieb ihr Blick an meinem verweinten Antlitz haften. Wir schauten einander in die Augen und der Hauch eines

Lächelns erfasste ihr Gesicht. Dann nickte sie mir zu und wandte sich an den Richter.

„Ja – ich habe etwas zu sagen!"
Ihre Stimme war fest, sie nahm all ihre Kraft zusammen, warf ihren Kopf in den Nacken und stand in stolzer Haltung vor ihm.
„Dieses Urteil ist kein Gerechtes, wie Ihr sagt, es ist ein Unrecht, und ich verfluche das Geschlecht der Tottinghams!"
Sie blickte über den See zum Schloss hinüber.
„Mein Fluch soll jeden dieser Sippe treffen, auch ihre Nachkommen! In diesem Schloss soll niemals wieder Glück einkehren!"
Sie schaute mit hasserfülltem Blick in die Menge.
„Und auch Euch, die Ihr tatenlos zuseht und Euer Dorf, soll mein Fluch treffen!"
Ein Raunen ging durch die Menge und die Menschen wichen einen Schritt zurück. Nur ich blieb unbewegt stehen.

Der Richter gab den Henkersknechten ein Zeichen. Einer packte Rowena, nahm seinen Leibriemen und verband ihr damit den Mund, um sie an weiteren Flüchen zu hindern. Dann zerrten man sie herunter und drückten sie der Länge nach in die Kiste. Sie wand sich heftig, hatte jedoch gegen die starken Kerle keine Chance. Drei andere Männer nahmen nun ein Brett, welches neben der Kiste lag und schoben es darüber, bis sie vollständig bedeckt war. Nun holten sie Hämmer und Nägel aus ihren Taschen und begannen die Kiste zuzunageln. Vom Inneren der Kiste war leises Wimmern zu vernehmen und die umstehende Menge begann zu Tuscheln.

Ich konnte es nicht länger ertragen, sprang vor und schrie: „Nein! Nein! Das dürft Ihr nicht tun! Nein!"
Ich wandte mich verzweifelt an die Menge: „Helft mir doch! Bitte helft! Das dürfen sie nicht tun."
Einige der Umstehenden sahen einander an, aber niemand kam meiner Aufforderung nach.
Daraufhin zerrte ich am Arm einer der Männer, um ihn daran zu hindern, weiter zu nageln. Doch dieser schlug mich so heftig nieder, dass ich für Sekunden das Bewusstsein verlor.

Als die Kiste vollständig verschlossen war, sagte der Richter: „Das Urteil wird nun vollstreckt!"
Er nickte wieder den Männern zu, die sich daraufhin an einem Findling, der in der Nähe lag und an dem die Kiste über eine starke Eisenkette befestigt war, zu schaffen machten. Sie schoben ihn zum Rand der Klippe, bis er ins Rutschen geriet. Der Stein stürzte hinab und riss die Kiste mit sich hinunter. Die umstehende Menge lief zum Rand der Klippe, begierig zu sehen, was geschah. Ich rappelte mich auf, griff nach dem Strauß Hasenglöckchen, den ich verloren hatte und lief auch dorthin.

Nur eine aufspritzende Fontäne zeugte davon, dass soeben der Felsen in den See eingeschlagen war. Von der Kiste war nichts mehr zu sehen.

Der Richter hob die Hand und sagte: „Dort an der tiefsten Stelle des Sees sollst du deiner Missetaten gedenken!"
Dann drehte er sich der Menge zu und sagte: „Das Schauspiel ist zu Ende! Geht nach Haus!"

Nach und nach verließen alle Menschen den Platz. Nieselregen hatte eingesetzt. Ich blieb allein zurück und blickte hinunter auf die Stelle im See, wo die Kiste versenkt worden war. Ich hoffte auf ein Wunder, dass sie vielleicht losgerissen wurde und wieder an die Oberfläche käme.

Lange stand ich so da, Stunden, bis es dunkel wurde. Dann zog ich drei Stängel aus dem Strauß der Hasenglöckchen heraus, den ich immer noch in Händen hielt und steckte sie in einen kleinen Stoffbeutel, der seitlich am Taillenband meines Rockes befestigt war. Den restlichen Strauß warf ich hinunter auf das kühle Grab meiner Schwester.
Noch einen letzten Moment schaute ich hinab, dann ging ich langsam zum Ort hinunter.

Als ich den Schankraum der Herberge, betrat, war dieser voller Menschen. Bei Wein und Bier wurde laut gesprochen. Als sie mich bemerkten, verstummten sie. Flüchtige verstohlene Blicke trafen mich. Sie vermieden es, mich direkt anzusehen, die, deren Schwester sie gerade ermordet hatten.

Ich stieg hinauf zu meiner Kammer, nahm meine Bibel und presste die Blüten hinein. Meine Reisetasche war fertig gepackt, noch an diesem Abend wollte ich nach London aufbrechen. Die Königin musste unverzüglich von dem Mord unterrichtet werden.

Plötzlich pochte jemand an die Tür.

Ich erschrak und rief: „Wer ist da?"

„Ich bin es, John Abbot."

Ich lief zur Tür und riss sie auf.

„Mr. Abbot! Gott sei Dank! Ihr lebt!"

„Man hat mich soeben frei gelassen. Der Wagen steht hinter dem Haus. Wir sollten unverzüglich diesen Ort verlassen. Ich begleite Euch zurück nach London."

„Ja, aber wie geht es Euch?"

„Die Wunde wird heilen!"

Dann drehte er sich um und gab dem Kutscher, der hinter ihm stand und den ich zunächst gar nicht bemerkt hatte, ein Zeichen, dass er mein Gepäck zum Wagen tragen soll.

Als wir die Treppe hinabgingen, wurde es wieder still im Schankraum. Alle blickten uns an.

Der Kutscher lud das Gepäck auf und nahm auf dem Bock des Wagens Platz.

Ich bat John, sich nicht oben neben den Kutscher zu setzen, sondern mit mir im Innern des Wagens zu reisen. In Anbetracht seiner Verletzung protestierte er nicht und stieg ein.

„Fahrt los!", rief er dem Kutscher zu und der Wagen setzte sich in Bewegung.
Eine Weile saßen wir uns schweigend gegenüber.

Dann fragte er: „Wie war es?"
Ich schaute erschreckt auf und sofort füllten sich meine Augen mit Tränen. Ich beugte mich vor und verbarg mein Gesicht in meinen Händen.
John sprang auf, setzte sich neben mich und nahm mich in den Arm.
„Verzeiht! Ich wollte Euch nicht zum Weinen bringen."
Ich zitterte, aber die Wärme seines Körpers tat mir gut, und ich wurde ruhiger. Ich nahm ein Taschentuch aus meinem Beutel und trocknete mein Gesicht.
Langsam begann ich zu erzählen und berichtete, was auf dem Hinrichtungsplatz geschehen war.
John schüttelte den Kopf.

„Eine solche Gräueltat darf nicht ungesühnt bleiben!", sagte er und ich sah, wie wütend er war. So hatte ich ihn, die ganze Zeit über, niemals gesehen.
„Ich muss der Königin berichten, was vorgefallen ist", sagte ich, „könnt Ihr mir Zutritt zur Königin verschaffen."

„Ja, ich werde Euch begleiten."

Die Kutsche rumpelte, sie war wohl über einen Stein gefahren, und John schlug seitlich mit der Schulter gegen die Kutschwand.

Er stöhnte auf.

„Lasst mich bitte Eure Wunde sehen. Hat man sie im Kerker versorgt?"

„Mehr oder weniger."

„Als ich das Schloss, Hals über Kopf verlassen musste, habe ich die Tasche meiner Schwester mitgenommen. Dort finde ich vielleicht ein Mittel, womit ich die Wunde versorgen kann. Bitte zieht Eure Jacke aus."

John folgte der Anweisung. Ich zog die Tasche unter der Sitzbank hervor und schaute hinein.

„Hier ist es. Ich wusste, dass sie es immer dabei hat."

„Kennt Ihr Euch auch mit diesem Apotheker-Kram aus?"

„Nicht wirklich. Aber dieses Fläschchen enthält eine Flüssigkeit, die Rowena aus Kräutern und Branntwein macht. Sie ist zum Reinigen der Haut bestimmt. Macht bitte den Oberkörper frei und rutscht rüber, damit ich die Schulter versorgen kann."

Er zog sein blutiges Hemd aus. Ich betrachtete einen Moment seinen Oberkörper. Er war sehr muskulös und hatte viele Narben, war aber wunderschön.

John schaute mich an und lächelte: „Nun? Was ist jetzt mit meiner Schulter?"

Ich erschrak, fühlte mich ertappt und errötete.

Seine Schulter war notdürftig verbunden worden. Ich löste den Verband. Vorn und am Rücken waren blutverkrustete Wunden zu sehen. Dort wo der Pfeil die Schulter durchbohrt hatte.

„War es sehr schmerzhaft, als man dem Pfeil herausgezogen hat?"
„Das habe ich selbst gemacht! Als Krieger lernt man das! Auf dem Schlachtfeld kann man nicht warten, bis jemand kommt, um einen zu versorgen. Wenn man noch dazu in der Lage ist, muss man sich erst einmal selbst helfen. Und ja, es hat weh getan, auch Krieger fühlen Schmerzen. Zum Glück ist das Ding nicht in den Knochen eingedrungen."

Ich nahm eines der sauberen Tücher aus der Tasche meiner Schwester und tränkte es mit der Flüssigkeit.
„Leider wird es auch jetzt etwas weh tun. Der Alkohol in der Flüssigkeit brennt ein wenig", sagte ich und drückte das Tuch erst auf die eine Wunde, dann auf die andere am Rücken.
Dann säuberte ich die Wundränder.
„Ich glaube es sieht ganz gut aus", sagte ich und nahm eine Salbe aus der Tasche.
„Diese Kräutersalbe hilft bei der Heilung."
„Und Ihr wisst, was Ihr tut?", frotzelte John.
„Jede Frau weiß ein wenig über Krankenpflege."
Ich trug die Salbe auf und legte ein sauberes Tuch über die Schulter.

„Bitte haltet es hier kurz fest", sagte ich. Dann raffte ich meinen schweren Überrock hoch und zog den feinen Unterrock hervor. Dort riss ich einen Streifen Stoff ab und verband damit Johns Schulter.

„So, Ihr seid beinahe wie neu", sagte ich und war mit meiner Arbeit zufrieden.

„Ich danke Euch."

„Habt Ihr ein frisches Hemd dabei?", fragte ich.

„Ja, in meiner Reisetasche, oben auf dem Dach der Kutsche."

Ich klopfte an die Wand des Wagens und der Kutscher hielt an. John wollte aufstehen.

„Ihr bleibt schön sitzen. Ich bin durchaus in der Lage Eure Tasche zu holen."

Er lächelte.

Ich stieg aus und bat den Kutscher mir die Tasche zu reichen.

„Danke. Wie lange noch, bis zur ersten Station?"

„Das sind noch ein paar Stunden, Madame."

„OK, fahren Sie bitte weiter, sobald ich eingestiegen bin. Wir dürfen keine Zeit verlieren."

o

Nach einigen Tagen trafen wir am Hof von Richmond ein. John half mir aus der Kutsche und rief einen Diener heran.

„Bringt alles Gepäck erst einmal in mein Quartier!"
Zu mir sagte er: „Ich hoffe, es ist Euch recht. Dort ist es sicher aufbewahrt, bis wir wissen, wo man Euch unterbringen wird."
„Ja, vielen Dank, das ist sehr freundlich."

Wir betraten den Palast und John führte mich zu den Gemächern der Königin. Als Leibgardist wurde er nicht aufgehalten und konnte bis zu den Räumen der Hofdamen gelangen. Dort wurde er von Lady Longford entdeckt.
„Ach, Mr. Abbot, Ihr seid zurück? Wo ist Miss Bell? Und wen habt Ihr da bei Euch?"
„Das ist Miss Catherine Bell, die Schwester der Apothekerin."
„Aber wo ist sie?"
„Das ist eine traurige Geschichte. Miss Bell hier, bittet um Audienz bei der Königin."
„Aber Ihre Majestät ist krank. Ich kann Euch nicht vorlassen."
„Es ist sehr wichtig, Mylady. Meine Schwester wurde ermordet", sagte ich.
Lady Longford trat einen Schritt zurück und wurde bleich im Gesicht.
„Aber um Gottes Willen, wie konnte das geschehen?"
Ich trat vor und sagte: „Ich muss unbedingt der Königin berichten."

„Nun ja", sagte Lady Longford, „unter diesen Umständen, versuche ich Euch bei Ihrer Majestät anzumelden. Wartet hier einen Moment."
Die Lady verschwand hinter einem schweren Samtvorhang.

Die Königin lag angezogen auf ihrem Bett und schien zu schlafen. Lady Longford wollte sich wieder zurückziehen, als Elizabeth sagte: „Was ist denn, Lady Longford?"
Die Angesprochene machte einen tiefen Hofknicks und sagte: „Verzeiht bitte, Eure Majestät, aber draußen ist John Abbot in Begleitung einer Miss Bell."
Die Königin setzte sich auf.
„Einer Miss Bell? Einer? Was soll denn das heißen? Bringt sie herein, bringt mir Bluebell herein."
Sie stand auf.
„Es ist nicht Miss Rowena Bell, sondern Catherine Bell, die Schwester, Ma´m."
„Wieso denn die Schwester? Herein mit ihnen!"

John und ich, betraten den Raum. Ich machte einen tiefen Hofknicks, sah zu Boden und wartete. Auch John kniete sich nieder.
„Erhebt Euch!", sagte die Königin, und wir standen auf. Ihre Majestät betrachtete mich und sagte: „Ihr seid also die Schwester meiner Apothekerin?"
„Ja, Eure Majestät."

„Und Ihr tragt den Mantel, den ich ihr schenkte? Warum trägt sie ihn nicht selbst?"

„Das kann sie nicht. Sie ist tot", sagte ich und begann zu weinen.

Die Königin blickte entgeistert von mir zu John und dann zu ihrer Hofdame.

„Tot? Das kann nicht sein!"

Sie lief ein paar Schritte hin und her.

„Eure Majestät, solltet Ihr Euch nicht lieber hinsetzten. Die Ärzte sagten, Ihr müsst Euch ausruhen", sagte Lady Longford und erhielt einen wütenden Blick.

„Tot?", wiederholte die Königin, „wie kann sie tot sein? Sie war das blühende Leben, als sie abreiste!"

Ich hatte mich wieder gefangen und sagte: „Man hat sie hingerichtet, es war Mord."

Die Königin strauchelte.

Lady Longford war sofort zur Stelle und führte sie zu einem Sessel.

„Ich danke Euch. Bringt mir einen Becher Wein."

Die Lady ging zu einem Schrank und füllte einen silbernen Becher mit Rotwein und reichte ihn der Königin.

Diese trank in mehreren Schlucken und setzte das Gefäß ab.

„Berichtet, was vorgefallen ist!"

Ich erzählte die ganze Geschichte.

Plötzlich sprang die Königin auf. Ihr Gesicht war wutverzerrt.

„Dieses Frettchen! Lady Tottingham!", schrie sie.

„Sie wagt es, ein Protegé der Königin, zu morden? Das ist Hochverrat! Ruft mir den Schreiber! Sofort!", brüllte sie Lady Longford an, die wiederum Lady Wessex, die im Hintergrund stand, ein Zeichen gab.

„Und wo wart Ihr, John?"

John Abbot verbeugte sich und sagte: „Ich habe versagt, Eure Majestät. Ich konnte die Apothekerin nicht beschützen."

„Oh, nein, das stimmt nicht", rief ich aus, „er hat wirklich alles getan! Er versuchte meine Schwester zu befreien, wurde jedoch aus dem Hinterhalt angeschossen!"

Erst jetzt bemerkte die Königin, dass John seinen rechten Arm mit seinem Leibriemen am Körper fixiert hatte.

„Ihr seid verletzt?"

„Nicht der Rede wert", sagte John.

„Meine Ärzte sollen sich das gleich mal ansehen."

Die Königin ging ein paar Schritte durch das Zimmer und fasste sich an die Stirn.

Dann sah sie mich an und sagte: „Ihr habt alles verloren. Wisst Ihr, wohin Ihr gehen könnt?"

„Mein Bruder lebt mit seiner Familie in York. Vielleicht könnte ich dort hin."

„Gut, Ihr dürft im Schloss bleiben, bis Ihr Nachricht von Eurem Bruder habt. Ich überlasse Euch die Gemächer

Eurer Schwester. Lady Longford zeigt Euch den Weg. Geht nun!"

Ich bedankte mich und machte einen tiefen Knicks. John verbeugte sich und wir verließen den Raum.

Lady Longford folgte uns.

o

Lady Wessex berichtete später, dass die Königin nervös im Zimmer auf und ab gelaufen sei, als sie mit dem Schreiber eintrat und sie habe ausgerufen: „Dieses Weib! Dieses widerliche Weib! Wie kann sie es wagen!" Lady Wessex sei vor Schreck auf die Knie gefallen und wagte nicht ihre Majestät anzublicken.

Die Königin bemerkte es und sagte: „Lady Wessex, ich habe nicht Euch gemeint."

Zum Schreiber sagte sie: „Kommt! Ich will Euch einen Befehl diktieren!"

Der Schreiber nahm am großen Tisch Platz, stellte sein Tintenfass vor sich auf, breitete das Pergament aus und nahm die Feder zu Hand.

„Auf allerhöchsten Befehl ist Lady Tottingham, Molland Castle, unverzüglich in Haft zu nehmen und in den Tower zu verbringen. Sie ist des Hochverrats angeklagt."

Die Königin nahm das Blatt, las es durch, griff nach der Feder und unterzeichnete das Papier mit *Elizabeth R.*

„Ihr könnt gehen!"
Der Schreiber und Lady Wessex zogen sich zurück.

Als Lady Longford nach 20 Minuten das Gemach der Königin wieder betrat, lag diese bewusstlos am Boden. Das Papier lag neben ihr.
„Um Gottes Willen, Majestät!"
Sie versuchte, die Königin aufzurichten, schaffte es jedoch nicht allein und rief nach den anderen Hofdamen.
„Helft! Helft! Die Königin ist ohnmächtig!"
Alle Damen kamen aufgeregt hereingeeilt und trugen die Königin zu ihrem Bett.
„Holt den Leibarzt!", rief Lady Longford und hob das Blatt auf.
Sie überflog die Zeilen und nahm es an sich.

Die Königin verstarb eine Woche später am 24. März 1603.

Das Papier wurde mit anderen Dokumenten an König Jakob, dem Erben des Throns, übergeben. Der Befehl wurde jedoch nicht umgesetzt. Lady Tottingham wurde nie für ihre Tat bestraft.

unterzeichnet:

Catherine Abbot, geborene Bell

Kapitel 18

Mary sah von ihrer Lektüre auf.

„Abbot? Catherine Abbot?“

„Ja, Catherine und John heirateten.“

„Aber mein Name ist auch Abbot!“

„Sie sind eine Ur-Enkelin von Catherine und John. Also mit vielen Ur´s davor. Und mein Ur-Ahn war der Bruder von Catherine und Rowena. Wir sind sozusagen entfernte Cousinen.“

„Erstaunlich. Ich habe mich nie mit Ahnenforschung befasst. Was da alles herauskommen kann?“

Mary sah auf die Papiere, die vor ihr auf der Bettdecke lagen.

„Wie kamen Sie in den Besitz dieser Aufzeichnungen?“

„Tatsächlich habe ich sie von Ihrer Großmutter bekommen. Sie hatte sie wiederum von ihrem Schwiegervater, also Ihrem Urgroßvater, Kindchen.“

„Und wieso hat sie Ihnen die Papiere überlassen?“

„Nun, sie konnte wohl nicht viel damit anfangen, also gab sie mir die Aufzeichnungen, da ich, als Lehrerin englischer Geschichte, sie vielleicht entschlüsseln konnte. Nach ihrem Tod erhielt ich auch noch andere Sachen. Das alte Rezeptbuch von Rowena und auch den Mantel, den ihr die Königin geschenkt hatte. Beides hat ihre Großmutter gehütet, wie einen Schatz und so halte ich es auch. Schauen Sie!“

Rosamund ging zu der großen Truhe, die an der gegenüberliegenden Wand des Bettes stand und öffnete den Deckel. Ganz vorsichtig zog sie ein blaues Gewand heraus und legte es über der Bettdecke ab.

„Wie wundervoll!", sagte Mary.

Das abendliche Sonnenlicht drang durch das Fenster und ließ die aufgestickten Steine auf der Borte entlang der Kanten des Umgangs glitzern.

„Darf ich ihn berühren?"

„Ja", sagte Rosamund und lächelte.

Vorsichtig strich Mary über den Stoff und den Pelz. Die Härchen waren dicht und weich.

„Wenn man bedenkt, wie alt dieser Umgang ist. Auch der Pelz ist noch wunderschön."

„Ja, nicht wahr?", sagte Rosamund, „unglaublich. Als ob ein Zauber dieses Gewand umgeben würde."

Die alte Frau ging noch einmal zur Truhe und nahm einen Gegenstand heraus, der in weißes Seidenpapier eingeschlagen war. Sie entfernte vorsichtig das Papier und ein altes Buch kam zum Vorschein. Es sah aus, wie eines der antiken Klosterbücher, die Mary einmal in einem Londoner Museum gesehen hatte.

„Hier! Dies ist das Rezeptbuch von Rowena. Ich glaube ihre Großmutter hat das eine oder andere daraus ausprobiert. Können Sie sich erinnern, dass sie es einmal benutzt hat, wenn Sie bei ihr waren?"

„Nein, ich wüsste nicht. Ich war ja noch ein Kind und habe mich mehr für andere Kinder interessiert. Natürlich

habe ich gewusst, dass sie Kräuter sammelte und Tee und Tinkturen daraus gemacht hat. Aber an dieses Buch kann ich mich nicht erinnern. Darf ich es mir ansehen?"
„Ja, aber seien Sie bitte vorsichtig."
Mary betrachtete es. Der Einband war aus dickem Leder und hatte Prägungen. Der Rücken und die Kanten waren etwas abgestoßen.
Behutsam öffnete sie es und blätterte darin. Das Pergament war viel dicker, als das moderne Papier. Es war gelblich und machte Geräusche beim Umblättern. Die Aufzeichnungen waren in geschwungener Schrift mit dunkelroter Tinte niedergeschrieben worden. Immer wieder sah man klecksige Tintenstellen, dort, wo der Federkiel, nachdem er ins Tinten-Fässchen getunkt worden war, wieder das Papier berührte. Es gab viele Zeichnungen von Pflanzen, teilweise verblasst und Gewichts- und Mengenangaben, die Mary nicht kannte.

„Was für einen wunderbaren Schatz Sie da haben."
Die alte Frau nickte, nahm Mary das Buch vorsichtig wieder ab, wickelte es in das Papier und legte es in die Truhe, auch den Mantel legte sie behutsam zurück.

„Aber ich verstehe immer noch nicht. Was hat die unglückliche Geschichte unserer Ur-Großtante mit der Kreatur da draußen zu tun?"
Die alte Frau sah Mary einen Moment lang schweigend an.

Dann fragte sie: „Können Sie sich an das Aussehen des Wesens erinnern?"

Mary dachte nach.

„Kaum."

„Überlegen Sie."

„Ich entsinne mich, dass es aufrecht lief, also dass es kein vierbeiniges Tier war. Es war lang und dünn, wie ein Skelett. Ich glaube ich habe auch eine Art Schädel gesehen, von dem einzelne lange Strähnen herunterhingen. Es hat furchtbar gestunken, als es mir nahekam. Mehr weiß ich nicht mehr. Mein Chef glaubt, der Serientäter sei eine Art Seeungeheuer, etwas zwischen Dinosaurier und Waran."

Die alte Frau sah sie ernst an.

„Ist Ihnen nicht noch etwas aufgefallen?"

Mary sah sie verwirrt an, sie überlegte.

„Ach, ja, ich glaube es hatte ein zerfetztes Gewand an. Ja, jetzt erinnere ich mich genau. Sie meinen also, dass dieses Monster menschlich ist?"

„Ja und nein! Etwas Menschliches hat es wohl nicht mehr."

„Also Miss Bell, Sie sprechen schon wieder in Rätseln. Sagen Sie mir nun endlich, was hier los ist."

„Gut ich will es Ihnen erzählen."

Die alte Frau zog sich den Sessel heran, der am Fenster stand und setzte sich.

„Zwei Tage, vor dem ersten Mord, gab es ein furchtbares Unwetter. So heftig, wie ich es schon seit Jahrzehnten nicht mehr erlebt hatte. Zunächst war der Tag sonnig und ich saß am Nachmittag auf der Bank vor dem Haus. Dann verdunkelte sich der Himmel innerhalb weniger Minuten, ein Unheil kündigte sich an, das fühlte ich und ging hinein. Ich machte mir Tee. Draußen brach die Hölle los. Ich stand am Küchenfenster, das zum See hinausgeht und betrachtete das Spektakel. Das Haus knarzte und schien sich im Sturm zu bewegen, aber es steht schon seit hunderten von Jahren hier und kein Sturm konnte es bis jetzt wegfegen. Jedenfalls schossen Blitze vom Himmel. Immer wieder schlugen sie in den See hinein. Dann plötzlich krachte ein Blitz unterhalb der Klippe, wo früher die Hinrichtungsstätte war, mit solcher Heftigkeit ins Wasser, dass sich eine hohe Fontäne bildete. Sie leuchtete ganz merkwürdig und ich wusste, dass etwas passiert sein musste. Das Unwetter tobte noch Stunden. Ich zog mich in mein Zimmer zurück und schlief irgendwann ein. Plötzlich wurde ich aufgeweckt. Ich lauschte und hörte seltsame Geräusche. Da ging etwas vor sich, das spürte ich. Also schlich ich die Treppe hinunter. Es war Vollmond, das Innere des Hauses erschien im Zwielicht. Ein Schatten huschte am Küchenfenster vorbei. Irgendetwas schlich um das Haus, ich fürchtete mich und kroch auf allen vieren zur Haustür, um nicht gesehen zu werden. Ich hatte die Vorhänge nicht zugezogen. Vorsichtig tastete ich mich zum Riegel vor und prüfte, ob er verschlossen war. Das

Mondlicht fiel durch das Küchenfenster auf die gegenüber liegende Wand, und ich sah, wie sich der Schatten einer unheimlichen Gestalt dort abzeichnete. Ich bin eine alte lebenserfahrene Frau, aber so etwas habe ich noch niemals gesehen. Zuerst dachte ich mein Herz bliebe stehen, aber dann schlug es mit solcher Heftigkeit, dass ich befürchtete, das Wesen da draußen, würde es hören. Ich wagte kaum zu atmen. Dann hörte ich das Geräusch von Schritten auf dem Kies vor der Tür. Ich lauschte. Etwas kratzte über das Holz der Tür, mir bleib erneut beinah das Herz stehen. Dann hörte ich wieder ein Kratzen, diesmal kam es von der Hauswand. Es hatte über das Bild der Hasenglöckchen an der Hauswand gestrichen. Ich habe am nächsten Morgen die Kratzspuren auf der Farbe gesehen. Jedenfalls verschwand es irgendwann. Ich kauerte die ganze Nacht an der Haustür, bis es hell wurde. Ich wagte nicht, mich von der Stelle zu bewegen.

Am nächsten Morgen schlich ich mich fort von der Tür und späte vorsichtig durch das Fenster. Alles sah aus, wie immer. Dann machte ich mir in der Küche einen Tee.

Als es an der Tür klopfte, fiel mir vor Schreck die Tasse aus der Hand, aber dann hörte ich die Stimme der Wirtsfrau und war beruhigt. Sie schaut ab und zu vorbei."

„Ich weiß, der Wirt hat es mir erzählt."

„Ja, die Wirtsleute sich freundlich zu mir."

Rosamund sah einen Moment ins Leere.

„Ich erzählte niemanden von dem nächtlichen Besuch und auch meinen Verdacht äußerte ich niemanden gegenüber. Im Ort halten mich ohnehin alle für eine verschrobenen alte Frau. Es würde mir nicht gut bekommen, wenn man glaubt, ich sei verrückt geworden. Man würde mich einsperren."

„Was meinen Sie mit Ihrem `Verdacht´?"

„Wie ich sagte, hatte einer der Blitze genau dort eingeschlagen, wo der Sarg von Rowena versenkt worden war. Ich dachte mir, wenn er nun in die Kiste eingeschlagen wäre und dort etwas entfesselt hätte, was dort eingeschlossen war?"

„Sie meinen, das Wesen, das mich angegriffen hat, ist Rowena, die auferstanden ist?"

„Oh, nein! Die Kreatur, da draußen im See hat nichts mehr mit der Rowena aus den Aufzeichnungen zu tun. Das ist ein blutrünstiges Monster, dass für all die Morde verantwortlich ist. Es tötet, um zu töten."

„Aber was meinen Sie denn?"

„Es sind die sterblichen Überreste von Rowena. Aber ihre Seele scheint fort zu sein. Stattdessen hat sich ihr Körper oder das was davon übrig ist, in eine von Hass erfüllte Mordmaschine verwandelt."

„Sowas gibt es nicht."

„Nein?", Rosamund zog die Bettdecke fort und Marys rechter Oberschenkel wurde sichtbar.

Sie erinnerte sich wieder, auch sie wurde verletzt und strich sich über die Haut. Sie wurde nur angeritzt, es würden keine Narben zurückbleiben, aber es war die Signatur des Mörders.

„Ich habe das Monstrum gestört, bevor Sie schlimmer verletzt wurden."
„Warum hat es nicht gleich uns beide umgebracht?"
„Kindchen, ich war mit meiner Erzählung noch nicht fertig. Als mir der Verdacht kam, dass es Rowenas untoter Körper war, der da draußen herumschleicht, legte ich einen Köder aus. Gegen Abend, bevor es dunkel wurde, legte ich den kostbaren Mantel auf die Bank vor dem Haus, daneben das Rezeptbuch von Rowena.
Dann verriegelte ich alle Fenster und Türen des Hauses und wartet. Stunden nachdem es dunkel geworden war, erschien das Wesen. Es stieg im Mondlicht aus dem See. Nun konnte ich sie erkennen. Ein schrecklicher Anblick. Ein menschliches Skelett, das einen Fetzen trug, der einmal ein Gewand gewesen war. An den Händen hatte es lange Krallen, ebenso an den Füßen. Damit hat es die Körper der Opfer aufgeschlitzt."
„Oh, Gott, wie furchtbar. Aber man sagt ja, dass die Nägel noch weiterwachsen, obwohl der Körper tot ist."
„Ich verbarg mich hinter dem Fensterrahmen und spähte vorsichtig nach draußen. Als das Wesen den Mantel bemerkte, kniete es sich nieder und streichelte darüber, die Spuren, der Krallen sind auf dem feinen Stoff zu sehen. Dann nahm es den Mantel hoch und vergrub das Gesicht darin. Danach legte es den Mantel wieder ab und

nahm das Buch und küsste es. In dem Moment wusste ich, dass noch etwas von Rowenas Seele in diesem Monster vorhanden war.

Ich fasste Mut und rief durch das geschlossene Fenster: „Ich weiß, wer du bist! Du bist Rowena Bell und ich bin deine Ur-Groß Nichte."

Sofort erhob sich das Wesen und kam auf das Fenster zu. Ich bereute sofort, dass ich gerufen hatte und dachte, nun hat meine letzte Stunde geschlagen. Die Fensterscheibe würde eingeschlagen und man würde mich ebenso im See finden, wie alle anderen.

Aber das Wesen verharrte vor dem Fenster und legte die Hand an die Scheibe. Das Mondlicht schien zwischen den Knochen und Sehnen hindurch, und ich konnte die langen Krallen aus der Nähe sehen, die spitz, wie die eines Raubtieres waren. Ich zögerte einen Moment und legte meine Hand von innen an die Glasscheibe. Wir hatten für wenige Sekunden Kontakt. Dann wandte es sich um und verschwand blitzschnell im See."

„Das glaubt uns niemand!", sagte Mary.

„Nein!"

„Aber wir müssen es aufhalten. Das Morden muss aufhören."

„Ich weiß. Ich glaube Rowena war ein guter Mensch und ein Funken dieser Güte muss noch in dieser Kreatur vorhanden sein. Alles andere ist blanker Hass."

„Wie können wir es aufhalten?"

„Ich habe immer wieder darüber nachgedacht. Man müsste es verbrennen. Aber es hat Gefühle, das habe ich genau gesehen, als es den Mantel erkannte. Ich muss versuchen, zu Rowena durchzudringen, so dass sich ihre Seele von diesem Monster lösen kann. Wenn man es zerstört, bevor ihre Seele frei ist, käme dies einer zweiten Hinrichtung gleich, und das werde ich nicht zulassen."

Mary nickte und sah zum Fenster.

Es war Nacht geworden.

„Glauben Sie, dass es jetzt auch um das Haus schleicht?"

„Ich weiß nicht. Alle Fenster und die Haustüre habe ich verriegelt. Wir sollten nun schlafen."

„Ich kann bestimmt nicht schlafen. Morgen muss ich zurück ins Dorf. Inspektor Barclay wird sich große Sorgen um mich machen."

Rosamund nickte und verließ das Zimmer.

Mary löschte die Lampe, zog sich die Bettdecke hoch und starrte zum Fenster. Hoffentlich kratzte das Monster nicht an den Scheiben. Aber sie war hier im Dachgeschoss und wahrscheinlich sicher, dachte sie.

Kapitel 19

„Um Gottes Willen, Miss Abbot, wo waren sie denn?"
Inspektor Barclay stürzte auf sie zu, als sie den Besprechungsraum betrat und drückte sie kurz an sich.
Dann räusperte er sich und trat einen Schritt zurück.
„Entschuldigen Sie, meine Vertraulichkeit. Aber ich dachte, sie treiben auch im See. Wo waren Sie?"
„Ich hatte einen kleinen Unfall und Miss Bell half mir. Ich war zwei Nächte bei ihr im Haus am See."
„Aber ich war da und habe nach Ihnen gefragt. Sie hat mich also belogen", rief der Inspektor verärgert aus.
„Ja, sie hat es mir gesagt. Seien Sie nicht böse. Sie wollte mich wohl nur beschützen und zunächst wieder aufpäppeln."
„Was war das für ein Unfall?"
„Ach, es ist nichts weiter. Eine Ungeschicklichkeit von mir."
Mary legte die Hand auf ihren Oberschenkel, der jedoch von ihrem Rock bedeckt war, so dass niemand das Zeichen sehen konnte.
„Wie geht es mit den Ermittlungen voran?"
„Dieser Brandon wurde frei gelassen und ist zurück im Schloss. Wir stehen also wieder am Anfang."
„Wissen Sie Chef, als ich bei Miss Bell im Haus war, habe ich des Nachts tatsächlich etwas Merkwürdiges gesehen. Vielleicht ist Ihre Theorie von dem Saurier, doch nicht so abwegig."
„Tatsächlich?"

Das Gesicht des Inspektors hellte sich auf.

Mary wollte den Inspektor nun in dieser Theorie bestärken. Es war im Moment der beste Weg, bis Rosamund und sie eine Lösung gefunden hatten.

„Haben Sie schon eine Warnung herausgegeben, dass niemand in der Dunkelheit in die Nähe des Sees gehen soll?", fragte Mary.

„Ja, selbstverständlich!"

Kapitel 20

Mary und Rosamund hatten für diesen Abend verabredet, dass Mary am Nachmittag zum Fischerhaus kommen sollte, so lange es hell war. Ihrem Chef sagte Mary, dass sie über Nacht bei Rosamund bleiben würde, da sie alte Familien-Geschichten austauschen wollten.
Sie betätigte den Türklopfer und Rosamund öffnete sofort.
„Gut, dass Sie da sind. Kommen Sie herein. Wir warten im Haus bis es dunkel geworden ist."

Mary war am Vormittag nach Carlisle gefahren und hatte sich in der Kostümabteilung des Stadttheaters ein mittelalterliches Gewand ausgeliehen. Sie zeigte ihren Ausweis und sagte, das Kleid würde für eine Ermittlung benötigt und hoffte, dass sie es unversehrt zurückgeben konnte. Sie zog das Kleid aus ihrer Tasche und zeigte es Rosamund.
„Oh ja, das wird gehen", sagte sie, nahm es an sich und legte es über den Sessel im Wohnzimmer.
Dann sagte sie: „Ich habe mir vom Dekan der Kathedrale in York, gegen eine großzügige Spende, eine geweihte Kerze und etwas geweihtes Öl bringen lassen."
Sie zeigte auf eine etwa 30 cm hohe dicke Kerze und eine dunkle Glasflasche, wie man sie in Apotheken häufig sieht. Beides stand auf dem Fensterbrett in der Küche.

Mary nahm die Kerze und betrachtete sie. Auf der einen Seite war ein Anagramm zu sehen, auf der anderen Seite war sie mit einem christlichen Kreuz verziert. Es war rot und erhaben aufgetragen worden und an den Rändern mit Goldfarbe bemalt.

„Glauben Sie, sie wird kommen?", fragte Mary und stellte die Kerze zurück.

„Ja, Sie wird kommen. Sie war die ganze Zeit über in der Nähe, das habe ich gefühlt. Ziehen Sie das Gewand an."

„Ja."

Mary zog sich um und löste ihr langes Haar, so dass es weich über ihre Schultern fiel.

„Nun noch den Mantel darüber", sagte Rosamund und legte ihr den blauen Umhang über die Schultern.

„Ein seltsames Gefühl, diesen Umhang zu tragen."

„Ja, ich habe ihn mir niemals umgelegt. Aber nun ist es Zeit, er wird uns helfen."

Die beiden Frauen setzten sich an den Küchentisch und warteten, bis es dunkel wurde.

Dann griff Rosamund nach einem Bündel und einer Schachtel Streichhölzer und sagte: „Es kann beginnen. Wir gehen nun vor die Tür."

„Was ist das für ein Bündel?", fragte Mary.

„Das ist getrockneter weißer Salbei für die Räucherzeremonie."

„Warten Sie! Ich gehe nicht vor die Tür, bevor Sie mir nicht erzählen, was Sie vorhaben."

„Der Rauch des weißen Salbeis soll den Dämon bannen und Geister vertreiben. Ich weiß nicht, ob es funktioniert, aber ich will versuchen, Rowenas Seele aus dem Monster-Körper herauszulösen."

„Du meine Güte!"

„Wenn es mir gelingt, können wir die Körperform vielleicht verbrennen. Dazu habe ich das geweihte Öl besorgt. Nehmen Sie die Kerze und die Flasche mit dem Öl."

Mary nahm sie an sich und sagte: „Ich hätte mir niemals träumen lassen, einmal Zeugin eines Hexen-Sabbats zu werden."

„Ich mir auch nicht, Kindchen, ich mir auch nicht", sagte Rosamund und schob Mary aus der Haustür.

„Stellen Sie die Kerze und das Öl auf die Bank. Wir brauchen sie erst später."

Die beiden Frauen warteten eine Weile, der Platz vor dem Haus war nur durch eine Laterne beleuchtet. Von den Pflanzen am Haus und dem Schilf am Ufer des Sees waren nur schemenhafte Umrisse zu sehen.

Plötzlich hörten sie ein Geräusch. Etwas stieg aus dem Wasser.

„Sie kommt!", rief Mary ängstlich.

„Ganz ruhig, alles wird gut gehen", beruhigte Rosamund.

Die Umrisse der Gestalt wurden sichtbar und sie kam näher.

Nun konnte Mary das Wesen richtig sehen. Es war ein furchteinflößender, aber auch ein erbarmungswürdiger Anblick. Sowas bleibt also von einem übrig, wenn man stirbt, dachte sie. Ein Skelett, zusammengehalten von einem Netzwerk verhärteter Sehnen, ein paar Strähnen des vormals prächtigen Haares am nackten Schädel und krallenförmige Nägel an Händen und Füßen.

Das Wesen kam näher und Rosamund erhob langsam die Hand, so dass es einige Meter vor ihnen stehen blieb.

„Ich freue mich, dass Ihr gekommen seid, Rowena. Ich habe jemanden mitgebracht. Ihr kennt sie schon, aber Ihr wisst nicht, wer sie ist."

Rosamund schob Mary ein wenig nach vorn. Diese schlotterte am ganzen Körper.

„Das ist Mary Abbot, die Urenkelin von Catherine. Sie ist Eure Groß-Nichte."

Das Wesen trat näher an sie heran. Nun glaubte Mary, ohnmächtig zu werden, aber ihr Herz schlug eifrig und ihr Atem ging schnell.

Das Wesen hob eine Hand und unwillkürlich wichen die beiden Frauen einen Schritt zurück, aber es schlug nicht zu, sondern berührte vorsichtig Marys Wange. Sie spürte die spitzen Nägel auf ihrer Haut, aber es ritzte sie nicht, es war eher ein Streicheln.

Dann strich es ihr über den Kopf und fuhr mit der Hand über den Mantel.

Die Szene kam einer Begrüßung gleich.

Rosamund sagte mit zitternder Stimme: „John und Catherine haben geheiratet und bekamen Kinder. Ich glaube, Sie führten ein glückliches Leben. Sie hat Eurer Andenken immer bewahrt und alles was geschehen ist, aufgeschrieben und diesen Mantel in Ehren gehalten, so dass ihn nun ihre Enkelin tragen kann."

Nun fiel das Wesen auf die Knie, umarmte mit den knochigen dünnen Armen, Marys Beine und drückte sein Gesicht in ihren Schoß. Verschreckt schaute Mary zu Rosamund, die beruhigend nickte.

Beide Frauen schwiegen, bis sich das Wesen wieder erhob und einfach nur dastand. Es wirkte ratlos.

„Dieser Körper hat viel Unheil angerichtet, Ihr müsst ihn verlassen, damit das Töten ein Ende hat", sagte Rosamund.

Das Wesen ging ein paar Schritte in Richtung Seeufer und Rosamund dachte schon, ihr Plan schlüge fehl. Doch es drehte sich um und ging weiter umher, dann blieb es stehen und nickte. Es kam wieder näher, bückte sich und zeichnete mit einer seiner Krallen ein großes Fragezeichen in die Erde.

Mary und Rosamund blickten sich staunend an.

„Ich werde Euch helfen!", sagte Rosamund.

Sie hielt das Bündel vor sich und zeigte es dem Wesen.

„Dies ist Weißer Salbei. Der Rauch wird Euch helfen, sich von dieser Mordmaschine zu lösen."

Rosamund entzündete das Bündel und wedelte damit herum, bis die Flammen verschwanden und sich Rauch entwickelte. Sie ging mehrmals mit dem Bündel um das Wesen herum. Dann legte sie es am Boden ab.

„Stellt Euch darüber, so dass der Körper ganz von Rauch umhüllt wird."

Das Wesen trat zögerlich über das Bündel und nach wenigen Minuten, war es wie in einen Mantel von grauem Nebel gehüllt.

Dann wand es sich hin und her, streckte die Arme empor, verließ aber nicht den Platz. Es sah aus, als ob ein innerer Kampf zwischen dem Dämon und der Seele Rowenas stattfand.

Doch plötzlich war es vorbei und die Gestalt stand ganz still. Der Schädel fiel in den Nacken und es sackte zusammen.

Mary und Rosamund sahen sich an. Langsam näherten sie sich dem, was da lag. Sie betrachteten es, nichts rührte sich mehr.

„Ich glaube, wir haben es geschafft", sagte Rosamund, „nun müssen wir den Körper anständig bestatten."

Rosamund ging zur Bank, um die Kerze und das Öl zu holen. Mary folgte ihr. Dann fiel das Licht der Laterne auf Marys Gesicht und Rosamund wich erschreckt zurück.

„Was ist mit Ihren Augen, Kindchen?"

Marys Augenfarbe, die einem hellen Türkis nahe kam, waren nun dunkel, beinahe Violett.

„Dies ist meine Augenfarbe", sagte Mary mit einer tieferen Stimme.

Rosamund strauchelte, griff nach der Lehne der Bank, sonst wäre sie hingefallen.

„Mein Gott! Rowena! Ihr seid es?"

„Ja", sagte Marys Körper.

Die alte Frau ließ sich auf die Bank fallen und sah schockiert zu Rowena empor.

„Aber, wie ist denn so etwas möglich?"

Rowena setzte sich neben Rosamund und sagte: „Ich weiß es nicht. Eben war ich noch da drin und nun bin ich hier."

„Aber ihr dürft diesen Körper nicht besetzen, er gehört Euch nicht!"

Rowena stand auf und ging ein wenig herum.

„Es ist ein schöner Köper, und ich fühle mich gut. Und ich trage meinen geliebten Mantel. Er war ein Geschenk der Königin, wisst ihr?"

„Ja, Catherine hatte es aufgeschrieben."

„Wo sind die Aufzeichnungen?"

„Im Haus."

„Ich möchte sie sehen."

Rosamund zögerte, stand dann jedoch auf und ging ins Haus. Rowena folgte ihr.

„So lebt Ihr? Ein schönes Haus. Natürlich waren meine Gemächer im Schloss sehr viel größer."

„Die Papiere sind oben, ich hole sie", sagte Rosamund und stieg die Treppe hinauf.

Rowena ging umher und sah sich um.

Rosamund nahm die Papiere aus der Truhe und wollte gerade wieder hinunter gehen, als sie ihr Spiegelbild sah und zu sich sagte: Was mache ich denn nun? Was mache ich denn nun?

Als Rosamund wieder unten war, stand Rowena in der Küche und betrachtete die unzähligen Kräuterbündel, die von der Decke herabhingen.

„Ihr seid auch der Kräutermedizin kundig?"

„Ja, ein wenig, aber mit Euren Kenntnissen kann ich nicht konkurrieren."

Rowena lächelte über dieses Kompliment und sah sich die Kräuter an.

„Rosmarin – Kamille – Arnika – Johanniskraut – Brennnessel - Lavendel und oh - Stechapfel?"

„Nun ja, wenn man damit umzugehen weiß?"

Rosamund legte die Aufzeichnungen von Catherine auf den Küchentisch und Rowena setzte sich.

Sie sah auf das oberste Blatt und sagte: „Ich erkenne die Schrift meiner Schwester."

Dann streichelte sie über das Papier und ihre Augen füllten sich mit Tränen.

„Und Catherine hat die ganze Geschichte dort aufgeschrieben?"

„Ja."

„Wurde die Königin von den Geschehnissen unterrichtet?"

„Ja! Sie soll sehr aufgebracht gewesen sein."

„Und wurde die Lady bestraft?"

Rosamund zögerte.

„Nein. Die Königin hatte eine Klageschrift verfasst, starb aber, bevor es zu einer Anklage kam."

Rowena stand auf und ging nervös im Zimmer herum, sie wirkte aufgewült.

„Lady Tottingham wurde also nicht zur Verantwortung gezogen und kam mit dem Leben davon?"

„Ja."

Rosamund zögerte, bevor sie weitersprach: „und sie soll eine der schönsten Frauen ihrer Zeit gewesen sein. Eure Behandlung hatte Erfolg."

„Selbstverständlich! Ich wusste, was ich tat. Für meine Methode der Narbenbehandlung war ich überall bekannt. Nur diese dumme Frau hat nichts begriffen. Ich hätte niemals hierherkommen dürfen."

„Aber Ihr seid gekommen, weil Ihr helfen wolltet und Eure Schwester wiedersehen."

„Ja."

Rowena blickte aus dem Fenster, weit hinten waren die Lichter des Schlosses zu sehen.

„Wie soll es nun weitergehen?", fragte Rowena.

„Für Euch ist der Weg nun zu Ende", sagte Rosamund, „ihr müsst den Körper von Mary wieder freigeben."

Rowena drehte sich abrupt um.

„Und wenn ich es nicht tue?"

Zorn war in ihrem Blick, und sie ging ruhelos im Zimmer umher.

„Ihr habt ja keine Ahnung, was sie mir angetan haben", schrie sie.

Rosamund stiegen Tränen in die Augen. Langsam, ganz langsam hob sie die geöffnete Hand und ließ sie dann wieder sinken.

Rowena sah sie hasserfüllt an.

„Man hat Euch unsagbares Leid zugefügt. Eure Schwester hat darüber berichtet."

„Aber Ihr habt keine Vorstellung, wie es war!"

„Nein! Niemand kann sich Eure Qual vorstellen! Niemand kann es nachfühlen!"

„Deshalb müssen sie büßen! Die ganze Bande, alle im Dorf und vor allem die Sippschaft der Tottinghams!"

„Aber die Leute, die Euch das angetan haben, sind seit hunderten von Jahren tot. Ihr habt Unschuldige umgebracht!"

„Für mich ist es, als sei es gestern gewesen."

Rowena ging wieder auf und ab.

Dann bliebt sie stehen und blickte in das Feuer im Kamin.

Einige Minuten schwiegen beide Frauen, dann sagte Rowena leise: „Es hat so lange gedauert! Es hat so lange gedauert, bis es endlich aufhörte!"

Sie sah zu Rosamund hinüber, der die Tränen über die Wangen liefen.

„Aber dann war da ein Blitz, und ich war wieder frei. Die Kiste zersprang und ich wurde von dem kühlen Wasser des Sees umfangen. Ich dachte, man hat mich befreit. Instinktiv schwamm ich an die Oberfläche, da ich glaubte zu ertrinken. Aber als ich mit dem Kopf über dem Wasser war, konnte ich nicht atmen. Ich sah, was mit meinen Händen und Armen passiert ist. Ich fasste an mein Gesicht und erschrak. Ich wollte schreien, aber ich konnte keinen Laut hervorbringen. Dann sah ich die Lichter des Schlosses in der Ferne und unbändige Wut stieg in mir auf. Ich hatte nur einen Gedanken – Rache! Die, die mir das angetan haben, mussten sterben."

„Aber zwischen Eurer Hinrichtung und dem Blitzeinschlag liegen über 300 Jahre!"

„Für mich war es, als sei es gerade erst passiert! Man hat mir gewaltsam das Leben genommen und nun habe ich es wieder!"

„Nein!", schrie Rosamund „Nein! Es ist nicht Euer Leben, es gehört jemand anderem! Wenn Ihr es nehmt, seid Ihr nicht besser als die Henker von damals. Der Dämon in Eurem Körper hat schon genug angerichtet. Vielleicht hatten diese Leute in ihrem Leben Fehler gemacht, so wie wir alle Fehler machen, aber an Eurem Schicksal traf sie keine Schuld."

Rowena sah Rosamund eine Weile an, dann blickte sie lange zu Boden.

Als sie wieder aufblickte, nickte sie Rosamund zu, die an sie herantrat und sie in die Arme nahm.

Rowena weinte.

Eine Weile standen sie so da, dann löste Rosamund behutsam die Umarmung.

„Wir werden nun das, was von Euch da draußen liegt, bestatten, - ja? Kommt!"

Rosamund nahm eine Decke und die beiden Frauen verließen das Haus.

Sie gingen zu dem Skelett, hüllten es in die Decke ein und trugen es zu dem kleinen verwitterten Ruderboot, das schon seit Jahren am Steg dümpelte. Behutsam legten sie den Körper darin ab.

Rosamund ging zu der Bank vor dem Haus und holte die Kerze, das Öl und einen Leinenbeutel mit getrockneten Rosenknospen.

Sie öffnete den Beutel und streute die Rosenknospen über den Leichnam.

„Sie werden den bösen Zauber auflösen", sagte Rosamund.

Dann öffnete sie die Flasche und benetzte den Leinenbeutel mit etwas Öl. Den Rest des Öls schüttete sie über dem Leichnam aus. Dann zündete sie die geweihte Kerze an und sprach ein Gebet.

Danach hielt sie den Leinenbeutel über die Flamme, bis er sich an einer Stelle entzündete und reichte ihn Rowena: „Ihr müsst es selbst tun! Werft ihn in das Boot!"

Rowena blickte in die züngelnde Flamme und warf das brennende Stück Stoff hinein.

Rosamund löste das Seil und gab dem Boot einen kleinen Stoß, so dass es langsam auf den See hinaustrieb.

Die mit Öl getränkte Decke fing Feuer und schnell stand das ganze Boot in Flammen. Es trieb immer weiter hinaus.

Rosamund und Rowena sahen ihm nach, bis es nur noch ein kleiner leuchtender Punkt war, der irgendwann erlosch.

Rosamund fasste Rowena an die Schultern und blickte ihr mit ernstem Ausdruck in die Augen.

Dann nahm sie sie in den Arm und sagte mit fester Stimme: „Ihr müsst Euch nun auf die Reise begeben. Lasst diesen Körper los. Catherine wartet schon so lange auf Euch. Geht nun zu ihr."

Rowena begann zu weinen, Rosamund spürte wie ihr Körper bebte.

Plötzlich hörte das Beben auf, Rosamund schob sie behutsam von sich und blickte in die türkisfarbenen Augen Marys.

„Kindchen, Gott sein Dank, Sie sind wieder da!"

„Ja, das war seltsam. Ich habe alles mitbekommen, als ob ich neben mir gestanden hätte."

„Geht es Ihnen gut?"

„Ja, ich fühle mich ganz normal, wie immer."

„Hat es weh getan, als sie in Euch fuhr?"

„Nein, mir war nur etwas kalt."

Mary blickte zum Schilf und rief: „Schaut!"

Im Schilf hatte sich Dunst gebildet. Überall sonst war es klar.

„Ob sie das ist?", fragte Mary.

„Vielleicht?"

Die beiden Frauen sahen, wie sich die Wolke langsam erhob und zum Himmel emporstieg. Sie blickten ihr nach, bis nichts mehr davon zu sehen war.

„Gut", sagte Rosamund, „bringen wir es nun zu Ende."

Mary nickte, ging zum Haus und holte ihren kleinen Revolver.

Sie hielt die Mündung über den See und schoss das Magazin leer.

„Kommen Sie, wir gehen ins Haus. Sie müssen sich umziehen, die Männer werden bald hier sein", sagte Rosamund.

„Ja und ich könnte einen Whisky vertragen."

Auf dem Weg zur Haustür sagte Mary: „Ist Ihnen die Farbe des Nebels aufgefallen?"

„Ja, seltsam, nicht wahr?"

Kapitel 21

Inspektor Barclay und die anderen Polizisten erschienen atemlos am Haus. Sie mussten zu Fuß gehen, da das Haus nicht mit einem Auto erreicht werden konnte.

Mary und Rosamund saßen in der Küche. Sie hatten die Haustür offen gelassen und konnten die Schritte der Männer auf dem Kies hören. Sie eilten vor das Haus.

„Gott sei Dank ist Ihnen nichts geschehen, Miss Abbot", rief der Inspektor. „Wir haben die Schüsse gehört."

„Ja, ich habe versucht, es zu töten."

Der Inspektor schaute verwirrt.

„Was? Was wollten Sie töten?"

„Ich habe es gesehen! Ein unheimliches Tier", log Mary. Sie sah zu Rosamund hinüber.

„Ich habe es auch gesehen! Wir saßen im Haus beim Tee und hörten ein Geräusch. Als wir nachsahen, war da ein sehr großes Tier im Schilf. Es war fast schwarz und hatte einen runden glänzenden Rücken. Den Kopf konnte man nicht erkennen."

„Ich hatte Angst und zog vorsichtshalber meinen kleinen Revolver aus der Handtasche. Dann schien es näher zu kommen, und ich habe abgedrückt. Nach den Schüssen war es fort."

„Mein Gott! Es ist also doch eine Kreatur hier im See. So wie ich es die ganze Zeit gesagt hatte", sagte Barclay.

Mary sah zu Boden. Sie schämte sich, ihren Chef angelogen zu haben. Aber die Wahrheit hätte niemand geglaubt.

„Sergeant Neal! Sie gehen zurück ins Dorf und mobilisieren alle Boote, die verfügbar sind. Bei Sonnenaufgang suchen wir den gesamten See ab", rief Barclay und Neal rannte los.

„Halten Sie lieber ihre Waffe bereit, für den Fall, dass das Ding hier noch irgendwo herumstreunt", rief Barclay ihm nach.

Sergeant Neal blieb abrupt stehen, zog seine Pistole aus dem Holster und schaute einen Moment auf den dunklen See hinaus.

„Wäre es nicht besser, wenn ich Begleitung hätte?"

„Ja, Sie haben recht", sagte der Inspektor, deutete auf einen der anderen Polizisten und rief ihm zu: „Sie werden ihn zum Dorf begleiten und die anderen suchen das Ufer nach Spuren ab."

„Miss Bell, wäre es gestattet, wenn ich mein Protokoll in ihrem Hause schreibe?"

„Ja, treten Sie ein Inspektor."

Rosamund, Mary und Barclay gingen ins Haus und Rosamund deutete auf die Stühle am Küchentisch.

„Nehmen Sie bitte Platz. Möchten Sie einen Tee oder vielleicht etwas Stärkeres?"

„Nach der Aufregung wäre ein Whiskey gut, aber ich bin im Dienst."

„Chef! Es ist tiefste Nacht. Ein Drink wird da erlaubt sein. Außerdem sind wir unter uns. Ich habe auch ein Gläschen zu mir genommen."

„Naja, Sie haben recht", er nickte Rosamund zu, die ihm einen Whiskey eingoss.

Mary zugewandt sagte er: „Ich bin so froh, dass Ihnen nichts passiert ist. Ich wüsste nicht, was ich ohne Sie machen würde."

„Ich arbeite auch sehr gern mit Ihnen zusammen."

Der Inspektor nahm einen Schluck, setzte das Glas wieder ab und zog seinen Block und einen Bleistift aus dem Mantel.

„Und nun meine Damen, erzählen sie mir ganz genau, was vorgefallen ist."

Kapitel 22

In den nächsten Tagen wurde der See systematisch abgesucht. Natürlich fand man das unheimliche Tier nicht.

Die Nachricht von einem Monster hatte sich jedoch über die Grenzen des Dorfes hinweg herumgesprochen und alle Zeitungen berichteten davon. Es dauerte nicht lange, bis es im Ort von Journalisten wimmelte.

Der Inspektor gab eine Pressekonferenz, in der er die Sachlage erläuterte. Man würde vermuten, dass das unbekannte Tier für die Tötungen verantwortlich gewesen sei. Seit dem Vorfall war es zu keinem weiteren Mord gekommen und Barclay schloss nicht aus, dass seine Assistentin das Monster mit einem Schuss getroffen hätte. Die Arbeit der Polizei wäre vorerst beendet. Nun würden Zoologen und Paläontologen aus London die Sache übernehmen und nach Spuren suchen.

Rosamund und Mary wurden auch interviewt und beide gaben eine Beschreibung des Ungeheuers und der Geschehnisse ab, die sie zuvor miteinander abgesprochen hatten.

Das Kommissariat wurde aufgelöst, der Besprechungsraum leergeräumt und die Leute von Scotland Yard, die zur Unterstützung angereist waren, kehrten nach London zurück.

Mary und Inspektor Barclay fuhren ein letztes Mal zum Schloss, um sich zu verabschieden. Sie wurden vom Butler empfangen.

„Hallo Ruskin", sagte der Inspektor, „wo finde ich seine Lordschaft?"

„Er ist mit Lady Susan im Wintergarten."

„Ist Mr. Bosulow auch noch im Haus?"

„Nein, er ist in Begleitung von Miss Liza abgereist."

Mary zog ihren Chef am Ärmel und sagte: „Macht es Ihnen etwas aus, wenn ich mich hier noch einmal umsehe?"

„Nein, wir sind ja das letzte Mal hier und so ein Schloss hat was."

„Ist es gestattet?", fragte Mary den Butler.

„Ja, Miss, warten Sie hier einen Moment, bis ich den Herrn Inspektor seiner Lordschaft angekündigt habe."

Ruskin verlies mit dem Inspektor die Halle und Mary streifte ein wenig herum. Überall hingen alte Gemälde, auf denen viele Tottinghams verewigt waren, elegante Damen und Herren, deren Namen im unteren Teil der prächtigen Rahmen vermerkt waren. Hier hingen, neben dem jüngst verstorbenen Lord und seiner Familie, auch Vorfahren früherer Jahrhunderte. Die Damen trugen ausladende Reifröcke mit gepuderten Perücken auf dem Kopf und die Herren waren in seidenen Kniebundhosen und hohen Kragen an den Mänteln abgebildet, was auf das 18. Jahrhundert hinwies. Auch die Bel Epoche war vertreten, in der die Reifröcke verschwanden, die

Kleider wieder weich hinabfielen und die Damen wagenradgroße und mit Straußenfedern verzierte Hüte trugen.

Mary war jedoch auf der Suche nach einem ganz bestimmten Bild.

„Miss?"

Mary erschrak, als Ruskin sie unvermittelt ansprach.

„Hier sind viele Tottinghams abgebildet. Ich frage mich, ob es auch Gemälde aus dem 17. Jahrhundert gibt?"

„Ja, dort oben Miss, auf der Galerie."

„Ah, ja, darf ich sie mir einmal ansehen?"

„Ja, folgen Sie mir bitte."

Die beiden stiegen die Treppe hinauf und oben angekommen beugte sich Mary über das Geländer der Galerie. Von hier hatte man einen beeindruckenden Blick in die große Halle und sie erschien noch imposanter als von unten aus gesehen.

Ruskin wartete, bis Mary sich von dem Ausblick losreißen konnte.

„Hier Miss, schauen Sie. Alle diese Bilder stammen aus dem 15. bis 17. Jahrhundert."

Mary ging von Bild zu Bild und betrachtete sie. Damen in spanischer Hoftracht und Herren in gepolsterten Jacken waren zu sehen. Eine Dame fiel Mary sofort ins Auge. Sie war groß und wirkte trotz der schweren Kleidung sehr schlank. Sie trug keine geschlossene Kröse, sondern eine nach vorn geöffnete, die den Blick auf ihr Dekolleté freigab. Die Dame war von madonnenhafter Schönheit, ein makelloses ovales Gesicht, große dunkle Augen, dunkelbraunes gescheiteltes Haar, das im Nacken gesteckt schien. Auf dem Haar trug sie einen verzierten Haarreif. Ihr Blick hatte etwas Abweisendes.

„Wer ist das?", fragte Mary.

„Das ist eine der Gräfinnen der Familie. Ich glaube es ist Margaret", sagte Ruskin und beugte sich vor.

„Ja, hier."

Er zeigte auf ein kleines Messingschild am unteren Rand des imposanten Rahmens.

„Margaret, Countess of Tottingham, 1580 – 1651"

Sie ist es, dachte Mary.

„Wann wurde das Bild gemalt?"

Der Butler suchte den unteren Rand des Bildes ab.

„Meistens steht das hier irgendwo", sagte er und lehnte sich so weit vor, dass er beinahe mit seiner Nase das Bild berührte.

„Hier, ganz blass, steht 1608."

Mary betrachtete das schneeweiße makellose Gesicht der Gräfin.

Dann sagte sie: „Es ist also wahr."

„Was meinen Sie?"

„Dass sie eine der schönsten Frauen ihrer Zeit gewesen sein soll."

„Ja", sagte der Butler und sah zum Antlitz der Abgebildeten hinauf.

„Obwohl es mal eine Zeit gegeben haben soll, wo sie sehr krank gewesen war, eine Hautkrankheit soll ihr Gesicht entstellt haben, aber das verschwand wohl wieder."

„Woher wissen Sie das?"

„In der Bibliothek gibt es die Annalen, also Tagebücher, die das Oberhaupt der Familie führte und dort eintrug, war vorgefallen war. Ich habe einmal darin herumgeblättert. Ganz vorsichtig natürlich, als ich sie abgestaubt habe."

„Das ist interessant. Ob ich mir die einmal ansehen dürfte?"

„Dies kann nur seine Lordschaft entscheiden."

Mary betrachtete noch einmal das Bild und ging hinunter zur Bibliothek.

Jeremy, der nun der Earl of Tottingham war, Susan und der Inspektor saßen beieinander und sprachen von den Geschehnissen, als Mary eintrat.

„Miss Abbot, setzten Sie sich zu uns", sagte Jeremy und deutete auf einen Sessel, „und Sie haben das Monster gesehen?"

„Nun ja, ein wenig davon. Ganz konnte ich es nicht erkennen. Wer hätte gedacht, dass es so ausgehen würde."

Der Inspektor nickte und sagte: „Ehrlich gesagt hatte ich von Anfang an so einen Verdacht, schon wegen der Wunden der Opfer. Dass die von einer Kralle stammten, habe ich gleich vermutet."

Alle schauten ein wenig betreten.

„Werden Sie nun hier bleiben, Mylord oder kehren Sie nach Manchester zurück?", fragte Mary, um vom Monster-Thema abzulenken.

„Ich gehe zurück. Das Schloss werde ich verkaufen."

„Oh, warum denn? Es ist so ein imposantes Gebäude", sagte Mary.

Jeremy sah sich um, sein Blick zeigte Gleichgültigkeit.

„Ich habe mich hier nie wohl gefühlt. Solange meine Mutter noch lebte, war es noch zu ertragen, aber nach ihrem Tod, wollte ich nur noch weg von hier."

Mary nickte.

„Ein Amerikaner ist interessiert. Er will aus dem Haus ein Hotel machen. Die Aussicht, dass es hier ein Monster gibt, würde viele Touristen anziehen, meinte er, so wie am Loch Ness. Ich werde mir in Manchester ein größeres Haus mit Garten kaufen. Susan wird dort auch leben und wir nehmen Brandon mit. Er würde sonst bestimmt in einer Anstalt landen. Er ist einfältig, aber in Ordnung."

„Ach, das ist nett von Ihnen", sagte Mary.

Sie schaute sich um und sagte: „In so einem historischen Gebäude gibt es doch sicherlich viele wertvolle Dokumente, die können Sie unmöglich einem Amerikaner überlassen", sagte Mary.

„Sie interessieren sich für englische Geschichte?", fragte Jeremy.

„Ja, sehr."

„Natürlich werde ich alles durchsehen und die privaten Papiere mitnehmen. Den Rest werde ich der Universität

Oxford stiften, da habe ich studiert. Die werden den Kram bestimmt ordentlich archivieren."

„Das ist eine gute Idee. Da kann man als historisch interessierte Engländerin bestimmt Einsicht nehmen."

„Ich weiß es nicht. Aber wenn Sie Interesse haben, könnten Sie mir bei der Durchsicht helfen und schauen, ob was Spannendes dabei ist."

Mary dachte an Rowena und wußte, dass etwas Spannendes dabei sein wird.

„Das würde ich sehr gern. Ich hatte mit Inspektor Barclay ohnehin bereits vereinbart, dass ich noch drei Wochen hier oben bleiben kann, also Urlaub nehme. Eine Verwandte lebt hier, wissen Sie, und sie war Lehrerin der englischen Geschichte. Vielleicht kann Sie helfen?"

„Ja, gut, dann ist es abgemacht. Fangen wir gleich morgen an."

ENDE

Schlusswort

Die Geschichte ist frei erfunden.

Die im Roman auftretenden Personen hat es, abgesehen von der historischen Persönlichkeit der Königin Elisabeth I, nie gegeben.

Die Dialoge und Handlungen der Königin in dieser Geschichte habe ich ebenso erfunden.

Anne Sevenstin